4 vols en 1

PUBLICATIONS.

C. L. F. PANCKOUCKE, ÉDITEUR
rue des Poitevins, n. 14.

LA GERMANIE, traduction nouvelle, par C. L. F. Panckoucke; avec un nouveau commentaire extrait de Montesquieu, de Mably, de Robertson, etc. etc.; des rapprochemens des mœurs des Germains avec celles des Romains et de divers autres peuples, particulièrement avec celles de la nation française à laquelle les Germains ont apporté leurs usages et leurs coutumes dans leurs conquêtes; des notes historiques et géographiques, et une table chronologique indiquant les progrès des différentes peuplades de la Germanie, leurs envahissemens successifs et leurs établissemens. On y a joint de plus la traduction de toutes les principales variantes, et un extrait des commentaires de Tacite. Un fort vol. in-8. sur papier fin d'Annonay.

Cette traduction, qui forme le premier volume d'une traduction complète de Tacite sur un nouveau plan et avec des commentaires politiques, par le même, est accompagnée d'un atlas in-4. renfermant douze pl. gravées au burin par les plus habiles artistes. Prix : 18 f. Il a été tiré cent exemplaires in-4. du texte : les planches, premières épreuves in-4°., sont tirées sur papier de Chine. Prix : 36 fr.

LES ROSES, par P. J. Redouté, peintre de fleurs, dessinateur en titre de la classe de physique de l'Institut et du Muséum d'histoire naturelle, membre de plusieurs Sociétés savantes, avec le texte, par C. A. Thory, membre de plusieurs Sociétés savantes.

Le prix très-modéré auquel nous avons fixé l'édition in-8°. que nous publions, la met à la portée de toutes les fortunes et de tous ceux qui se font une occupation ou un délassement de l'attrayante culture des fleurs.

Les figures, réduites et gravées de nouveau par les plus habiles artistes, seront toutes également bien coloriées sous les yeux de M. Redouté. Un texte pour chaque plante sera placé en tête avec une introduction sur la manière de la cultiver, l'indication des lieux d'où nous l'avons tirée, et des amateurs ou pépiniéristes dont nous l'avons reçue.

Cette nouvelle édition, aussi soignée que la première, présente donc aux souscripteurs plusieurs attraits nouveaux, la modicité du prix, une collection plus complète et des renseignemens précieux.

L'ouvrage sera composé de quarante livraisons.

Il paraîtra, de mois en mois, une livraison composée de quatre figures coloriées, dont chacune sera accompagnée d'un texte.

Le prix de chaque cahier, composé de quatre planches tirées en couleur et retouchées au pinceau avec le plus grand soin, sur papier vélin superfin grand in-8°., est seulement de 3 fr. 50 cent. avec le texte indicatif.

La direction de l'ouvrage, et le soin d'obtenir, par son exécution parfaite, la continuation des suffrages du public, sont confiés à M. Redouté.

Leçons de Flore, Cours de botanique, explication des principaux systèmes, introduction à l'étude des plantes, par J. L. M. POIRET, ex-professeur d'histoire naturelle, membre de plusieurs Académies et Sociétés savantes et littéraires. Prix : 5 fr.

Cet ouvrage est devenu un manuel classique pour toutes les personnes qui étudient la botanique, soit qu'elles en charment leurs loisirs, soit que cette étude fasse partie de l'instruction nécessaire a la carrière qu'elles ont embrassée ; les étudians en médecine, en pharmacie, y trouveront toutes les notions qu'ils peuvent désirer et qu'ils ne pourraient se procurer que par des recherches dans un très-grand nombre d'ouvrages sur le même sujet.

VOYAGE PITTORESQUE ET HISTORIQUE DE L'ESPAGNE, par le comte Alexandre de Laborde, membre de l'Institut, etc.; nouvelle publication de deux cents exemplaires, premières épreuves.

La collection sera publiée en quatre-vingt-onze livraisons grand in-folio.

Chaque livraison contiendra plusieurs feuilles de texte imprimées par P. Didot, et trois gravures grand in-folio (premières épreuves), imprimées en taille-douce sur papier fin satiné.

Le prix de chaque livraison sera de DOUZE francs.

Il paraîtra une livraison tous les vingt jours, et plus tard deux livraisons par mois.

On paie une livraison à l'avance, elle sera le prix de la dernière de l'ouvrage.

PROMENADE

AUX

CIMETIÈRES DE PARIS

AUX

SÉPULTURES ROYALES DE SAINT-DENIS

ET AUX CATACOMBES.

—

TOME II.

IMPRIMERIE DE C. L. F. PANCKOUCKE,
Rue des Poitevins, n. 14.

Boucher in. et S.

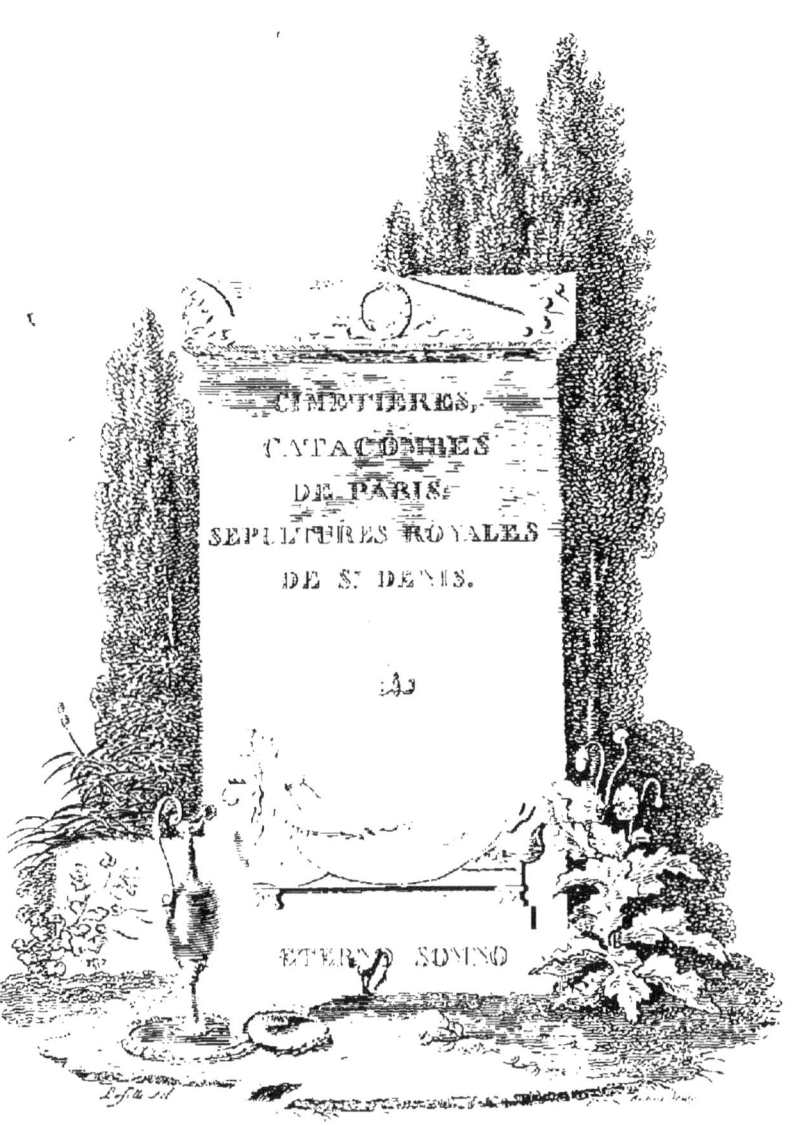

CIMETIÈRES,
CATACOMBES
DE PARIS;
SÉPULTURES ROYALES
DE St DENIS.

ÆTERNO SOMNO

PROMENADE

AUX SÉPULTURES ROYALES

DE SAINT-DENIS

ET

AUX CATACOMBES

AVEC LE PLAN DES CAVEAUX DE SAINT-DENIS AVANT LEUR DES-
TRUCTION, LA DÉSIGNATION DE L'EMPLACEMENT DE TOUS LES
TOMBEAUX DE L'ÉGLISE, D'APRÈS LES DESSINS DE M. DEBRET,
ARCHITECTE DE SAINT-DENIS, ET UNE VUE INTÉRIEURE DES
CATACOMBES.

PAR M. P. DE S.-A.

SECONDE ÉDITION

Revue, corrigée, et augmentée du récit des cérémonies
célébrées aux funérailles de Mgr le Duc de Berry et de
Sa Majesté Louis XVIII.

PARIS

C.-L.-F. PANCKOUCKE ÉDITEUR

RUE DES POITEVINS, N. 14.

1825.

AVIS DE L'ÉDITEUR.

Nous n'avons rien négligé pour rendre cette seconde édition supérieure à la première. Outre de nombreuses corrections de style, elle offre des additions considérables. Nous avons conduit l'histoire de l'abbaye de Saint-Denis jusqu'en 1824, nous attachant particulièrement à décrire les solennités récentes dont elle a été le théâtre. Ce récit donne à l'ouvrage, outre l'intérêt durable qu'il présente, un grand intérêt de circonstance. La promenade aux catacombes a reçu également d'avantageuses corrections et augmentations. Nous devions ces soins et ces perfectionnemens au public qui a favorablement accueilli la première édition, et dont on ne justifie le suffrage que par le zèle et la persévérance avec lesquels on travaille à son instruction et à ses plaisirs.

EXPLICATION

DES RENVOIS DU PLAN DE L'ÉGLISE DE L'ABBAYE

ROYALE DE SAINT-DENIS.

---

*Les Lettres indiquent les renvois des Chapelles
et des Autels votifs. — Les Numéros indiquent
les Tombes particulières.*

CHAPELLES ET AUTELS VOTIFS.

A Marie-Madeleine.
B Saint-Laurent et Saint-Pantaléon.
C Saint-Louis.
D Saint-Denis, lieu de la réunion de la Confrérie.
E Saint-Martin.
F A la Sainte-Trinité.
G Saint-Hippolyte.
H Sainte-Anne.
I Notre-Dame-la-Blanche.
J Saint-Eustache.
K Saint-Firmin.
L Sainte-Osmanne *ou* Osmante.
M Saint-Maurice.
N Saint-Peregrin.
NN A la Vierge.
O Saint-Cucufas.
P Saint-Eugène.
Q Saint Hilaire.
R Saint-Romain.
S Autel Saint-Louis.
T Saint-Jean-Baptiste.

U Autel Saint-Aventin;
V. Autel Saint-Benoît.
X Autel funèbre de Louis XV.
Y Autel pour la communion sous les deux espèces.
Z Grand Autel.
Et Autel des Saints-Martyrs Saint-Denis, Saint Rustique
Saint-Eleuthère.

NOTE INDICATIVE

DES TOMBES QUI ORNAIENT L'ÉGLISE ROYALE DE SAINT-DENIS
EN 1793.

1 Tombe de Pepin-le-Bref, trouvée en 1812.
2 Louis de Pontoise (chevalier).

3 { Jeanne de France, fille de Philippe-de-Valois.
  { Blanche d'Évreux, femme du roi Philippe-de-Valois.

4 { Louis XII, et
  { Anne, duchesse de Bretagne, sa femme.

5 Guillaume Duchâtel, pannetier de Charles VIII.

6 { Eudes de Deuil, et
  { Eudes de Taverny.

7 { Louis d'Évreux, comte d'Étampes, et
  { Jeanne d'Eu, sa femme.

8 { Blanche de France, deuxième fille de Charles-le-
  { le-Bel, femme de Philippe de France, et
  { Marie de France, sa sœur.

9 En ce lieu était le tombeau de Henri II. Il fut réédifié,
  sous la minorité de Louis XV, sur l'emplacement
  du n°. 6. Il contenait les restes de
  Henri II.—Catherine de Médicis, sa femme.—Leurs
  enfans, François II, Charles IX, Henri III.
  François de France, duc d'Alençon.—La reine Marguerite de France, première femme de Henri III.
  Louis, duc d'Orléans.—Jeanne et Victoire de France,
  Marie-Elisabeth de France, filles de Charles IX.
10 Henri de Latour-d'Auvergne, vicomte de Turenne.
11 Philippe V, et Isabelle de Bourgogne, sa femme.
12 Jeanne d'Évreux, troisième femme de Charles IV.

13 Charles IV.

14 Jeanne de Bourgogne, femme de Philippe-de-Valois.

15 Philippe-de-Valois.

16 Jean *dit* le Bon, et le cœur de Philippe de Bourgogne.

17 Monument du roi Dagobert 1er.

18 Louis de Sancerre, connétable.

19 Charles, dauphin, fils de Charles VI.

20 Bureau de la Rivière, chambellan de Charles V.

21 Bertrand Duguesclin.

22. Guillaume de Barbazan, chambellan de Charles VII.

23 { Charles V et
{ Jeanne de Bourbon, sa femme.

24 { Charles VII, et
{ Marie de Sicile, sa femme.

25 { Charles VI et
{ Isabelle de Bavière.

26 Henri, abbé.

27 Suger, abbé.

28 Guillaume de Guillemain, abbé.

29 { Guy de Monceau et
{ Runaut, abbés.

30 { Guy de Castres et
{ Gilles de Pontoise, abbés.

31 Mathieu de Vendôme, abbé.

32 Bourgeois....., grand-prieur.

33 François-Paul de Gondi, cardinal de Retz.

34 Gaspard de Coligny, duc de Châtillon.

35 Marguerite, comtesse de Flandre, fille de Philippe-le-Long.

36 François 1er. — Claude de France, sa première femme. — Louise de Savoie, sa mère. — François, dauphin, duc de Bretagne. — Claude de France, fille de François 1er. — Charles de France, duc d'Orléans. — Charlotte de France, deuxième fille.

37 Charles-le-Chauve et Carloman son fils.

38 Hugues, père de Hugues Capet.

39 Hugues Capet et Eudes.

40 Robert, et Constance d'Arles, sa femme.

41 Louis vi et Henri 1er.
42 Jeanne de France, fille de Louis x.
43 Louis x.
44 Philippe, deuxième fils de Philippe-Auguste.
45 Alphonse de Poitiers, frère de saint Louis.
46 Philippe-Auguste.
47 Marguerite de Provence, femme de saint Louis.
48 Louis viii.
49 Pierre de Beaucaire, chambellan de saint Louis.
50 Saint Louis.
51 Jean Tristan, troisième fils de saint Louis.
52 Blanche de France, fille de Philippe-le-Bel.
53 Philippe-le-Bel.
54 Philippe-le-Hardi.
55 Isabelle d'Arragon, première femme de Philippe-le-
    Hardi.
56 Charles Martel et Clovis ii.
57 Louis et Carloman, frères.
58 Pepin et Berthe sa femme.
59 Louis xv.
60 Charles viii.
61 Constance de Castille et Philippe, fils de Louis-le-
    Gros.
62 Carloman, frère de Charlemagne, et Hermentrude,
    première femme de Charles-le-Chauve.
63 Caveau de la famille des Bourbons.

TABLEAU NOMINATIF

*Des rois, reines, princes et princesses qui ont
reçu la sépulture dans le* CAVEAU ROYAL *de
Saint Denis.*

Henri iv, chef de la branche des Bourbons.
Marie de Bourbon, première femme de Gaston de France.
N....., duc d'Orléans, deuxième fils de Henri iv.
Marie de Médicis, épouse de Henri iv.
Louis xiii.
N...-, d'Orléans, duc de Valois, fils de Gaston.
Marie-Anne d'Orléans, fille de Gaston.
Gaston (Jean-Baptiste) de France, fils de Louis xiii.

Anne-Elisabeth de France, fille de Louis xiv.

Marie-Anne de France, deuxième fille de Louis xiv.

V...., d'Orléans, seconde fille du premier lit de Philippe de France, duc d'Orléans.

Anne d'Autriche, épouse de Louis xiii.

Philippe-Charles d'Orléans, fils du premier lit de Philippe de France.

Henriette-Marie, fille de Henri iv.

Henriette-Anne Stuart, première femme de Philippe de France, duc d'Orléans.

Philippe de France, duc d'Anjou, fils de Louis xiv.

Marie-Thérèse de France, fille de Louis xiv.

Marguerite de Lorraine, deuxième femme de Gaston.

Louis-François de France, duc d'Anjou, fils de Louis xiv.

Alexandre-Louis d'Orléans, fils du deuxième lit de Philippe, duc d'Orléans.

Marie-Thérèse, infante d'Espagne, épouse de Louis xiv.

Marie-Anne-Christine-Victoire de Bavière, épouse de Louis, dauphin.

Anne-Marie-Louise d'Orléans, duchesse de Montpensier, fille de Gaston.

Philippe de France, duc d'Orléans, frère de Louis xiv.

... de France, duc de Bretagne, fils de Louis de France, duc de Bourgogne.

Louis, dauphin, fils de Louis xiv (grand-dauphin).

...., fille de Charles de France, duc de Berri.

Louis, duc de Bourgogne, dauphin, fils du grand-dauphin.

Marie-Adélaïde de Savoie, épouse de Louis, duc de Bourgogne.

Louis, duc de Bretagne, deuxième fils du duc de Bourgogne.

Charles, duc d'Alençon, fils de Charles de France, duc de Berri.

Charles de France, duc de Berri.

Marie Louise-Elizabeth d'Orléans, fille posthume du duc de Berri.

Louis xiv, *dit* le Grand.

Marie-Louise-Elisabeth d'Orléans, veuve de Charles, duc de Berri.

Elisabeth-Charlotte de Bavière, douairière du duc d'Orléans, frère de Louis xiv.

Philippe de France, duc d'Orléans, régent du royaume.

Louise-Marie, fille de France, troisième fille de Louis xiv.

N...., duc d'Anjou, deuxième fils de Louis xv.

Marie-Thérèse, infante d'Espagne, première épouse de Louis, dauphin.

Marie-Thérèse de France, fille du premier lit de Louis, dauphin.

Anne-Henriette, fille de France, fille aînée de Louis xv.

Xavier-Marie-Josph, duc d'Aquitaine, deuxième fils de Louis, dauphin.

Marie-Zéphirine de France, première fille du deuxième mariage de Louis, dauphin.

Louise-Élisabeth de France, fille de Louis xv, mariée à don Philippe, duc de Parme.

Louis-Joseph-Xavier de France, duc de Bourgogne, fils du deuxième lit de Louis, dauphin.

Louis, dauphin de France, fils de Louis xv, père de Louis xvi.

Marie-Josephe, princesse de Saxe, veuve de Louis, dauphin de France.

Marie, princesse de Pologne, épouse de Louis xv.

Louis xv.

Sophie de France, tante de Louis xvi, sixième fille de Louis xv.

N...... de France, *dite* d'Angoulême, fille du comte d'Artois, frère de Louis xvi.

N...... de France, fille du comte d'Artois, frère de Louis xvi.

Sophie-Hélène de France, fille de Louis xvi.

Louis-Joseph-Xavier, dauphin, fils aîné de Louis xvi.

Le 21 janvier 1815, le corps de Louis xvi.
et celui de Marie-Antoinette, son épouse, furent déposés dans le caveau des Bourbons.

Le 14 mars 1820 les restes de S. A. R. Mgr. le Duc de Berry ont été déposés dans le même caveau.

Le 25 octobre 1824 la dépouille mortelle de S. M. Louis xviii a été également déposée dans le caveau des Bourbons.

Ces notes nous ont été communiquées par M. Debret, architecte de l'église royale de Saint-Denis.

SÉPULTURES

ROYALES

DE SAINT-DENIS.

———

Lᴀ basilique royale de Saint-Denis, recommandable par son antiquité, son architecture gothique, et les grands souvenirs qu'elle rappelle, est parmi les monumens français, en raison des diverses vicissitudes qu'elle a éprouvées, un de ceux qui doivent inspirer le plus d'intérêt historique. Consacrée depuis un temps immémorial à recevoir les morts illustres, l'église de Saint-Denis a vu s'écouler autour d'elle le cours rapide des siècles, et s'ensevelir tour à tour, sous ses voûtes sépulcrales, les suprêmes grandeurs de la vie humaine. Dépositaire fidèle de ce que la France avait produit de plus célèbre dans l'espace de douze cents années, elle a long-temps gardé intact ce précieux dépôt, protégé par la vénération des peuples, et par la majesté du lieu auquel la religion l'avait confié.

Mais un temps est venu, de troubles et de discordes, où les passions, enflammées par le combat même qu'elles avaient à soutenir, ont méconnu la loi universelle qui commande le respect des tombeaux. Les sépultures de Saint-Denis, protégées en vain par la vénération que l'on

doit aux morts, ont été profanées : la basilique royale a
été témoin des plus affligeans excès ; on l'a dépouillée
des funèbres richesses auxquelles elle était redevable
de son illustration, que la morale seule devait engager
à respecter, et dont l'histoire réclamait aussi la conservation.

Née, pour ainsi dire, avec la monarchie, la basilique
de Saint-Denis a failli partager son sort, et disparaître
avec elle; mais il était dans la destinée de toutes deux de
survivre à l'orage des révolutions ; il était dans la destinée de l'une de renaître après trente ans d'oubli, et de
l'autre, de redevenir la tombe privilégiée des princes et
des rois.

Nous entreprenons de donner une notice historique
exacte de l'église de Saint-Denis depuis son origine jusqu'à nos jours. Nous parlerons de son état ancien et de
son état moderne, afin que ceux de nos lecteurs qui ne
l'ont point connue avant la révolution puissent s'en faire
une idée. Que ne pouvons-nous passer sous silence les
déplorables scènes dont elle est devenue le théâtre en
1793 ! Mais la vérité de l'histoire nous fait un devoir d'en
évoquer l'affligeant souvenir. Puissent les Français y trouver un nouveau motif de détester des discordes civiles,
dont le retour ne peut être désormais prévenu que par le
respect des lois et l'accord du pouvoir avec la liberté.

Avant que le nom de Saint-Denis fût connu dans les
Gaules, c'est-à-dire, environ vers le deuxième siècle de
l'église, le lieu sur lequel est maintenant assise la ville
de Saint-Denis s'appelait *Catholacum*, ou *Cadolagum*, ou
Vicus-Catholocensis ; et il paraît même qu'il était alors
assez considérable. Le territoire de *Catholacum* était di-
visé en deux parties bien distinctes : l'une, qui compre-

nait la portion principale du village, s'est depuis appelée *Saint-Martin de l'Etrée* et *Saint-Marcel*. Elle était située sur le grand chemin qui conduit de Pontoise à Paris, et dont l'*Itinéraire d'Antonin* fait mention sous le nom de *Strata*, d'où probablement est dérivé celui de l'*Etrée*. L'autre partie du territoire était celle où une dame pieuse, nommée *Catulla*, possédait un champ ; elle se trouvait à droite du chemin de Pontoise en venant de Paris.

Nous sommes entrés dans ce détail, parce qu'il était nécessaire de bien connaître la disposition du lieu pour en bien entendre l'histoire, et parce que ce champ, possédé par Catulla, est l'endroit où fut commencée l'abbaye de Saint-Denis.

Vers l'an 240 de notre ère, saint Denis, parti de Rome, où régnait l'empereur Decius, se rendit dans les Gaules avec le dessein de prêcher la doctrine de Jésus-Christ et de l'y établir. Sa mission fut couronnée du succès, et bientôt saint Denis se vit entouré d'un grand nombre de prosélytes, et mérita, par le zèle qu'il apportait à répandre la parole divine, d'être appelé l'apôtre des Gaules. Sans doute les nouveaux convertis, emportés par un zèle voisin du fanatisme, se rendirent coupables de quelques excès ; car, au bout de quelque temps, il s'éleva une persécution violente contre eux, et saint Denis, qu'on regardait avec raison comme le chef de la secte nouvelle, en devint la victime. Saisi par les officiers envoyés contre lui, avec ses compagnons apostoliques saint Rustique et saint Eleuthère, ils furent tous les trois condamnés à mort, et eurent la tête tranchée.

A la faveur de l'ignorance et du trop grand éloignement de cette époque, on a répandu sur l'histoire du martyre de saint Denis une foule de fables que la raison doit

repousser. La plus connue est celle-ci : Saint Denis, disent
les légendaires, ayant eu la tête tranchée, se releva
aussitôt sur ses pieds, prit dans ses mains cette tête qu'on
venait d'abattre ; et, marchant avec beaucoup de gravité, fit de cette manière plus d'une lieue, tandis que
des anges chantaient autour de lui : *Gloria tibi, Domine*,
et que d'autres répondaient trois fois, *Alleluia*. Il arriva
enfin à l'endroit où est maintenant son église ; là il s'arrêta,
baisa sa tête ; et, la posant à ses pieds, il s'évanouit. On
connaît le mot spirituel d'une dame célèbre au récit de
cet absurde miracle : *Je le crois bien*, dit-elle, *en pareil
cas, il n'y a que le premier pas qui coûte.*

Le lieu même où saint Denis devint ainsi martyr de
son zèle évangélique est inconnu. Les uns prétendent
que ce fut à Montmartre, et ils citent en preuve le nom
latin de cette montagne, *Mons-Martyrum ;* mais on sait
qu'elle s'appelait aussi *Mons-Martis* et même *Mons-Mer-
curii ;* d'autres veulent qu'il ait eu la tête tranchée dans
le lieu même, ou au moins à côté du lieu où depuis la
piété des fidèles éleva une chapelle en son honneur. Le
récit suivant confirmerait assez cette dernière tradition.

Nous avons dit qu'une Gauloise ou une Romaine (car
son nom latin indique plutôt cette dernière qualité) avait
un champ dans la partie du territoire de *Catholacum*,
situé à droite du chemin de Pontoise à Paris. Cette
dame, que les prédications de saint Denis avaient con-
vertie à la foi chrétienne, fut témoin du supplice de
l'apôtre gaulois ; et, touchée de compassion à la vue des
cadavres mutilés de saint Denis, saint Rustique et saint
Eleuthère, elle désira leur rendre les honneurs de la
sépulture. Pour y réussir, elle employa un heureux stra-
tagème. Elle invita les gardiens de ce précieux dépôt à

un repas; et, pendant qu'elle les enivrait, elle ordonna à ses domestiques d'enlever les trois corps, de les porter dans son champ prêt à être ensemencé, et de les y ensevelir. Ses ordres furent exécutés ponctuellement, et, de cette manière, les corps des trois saints furent soustraits aux insultes des idolâtres.

La persécution allumée contre les sectateurs de Jésus-Christ, vers l'an 313, ayant cessé, *Catulla* fit ériger un tombeau sur la sépulture des trois martyrs; et, quelque temps après, les Gaulois convertis, voulant honorer d'un culte particulier celui qui les avait mis dans la voie du salut, bâtirent à la place de ce tombeau une chapelle qui fut appelée la *Chapelle des trois martyrs*.

En 496, sainte Geneviève, aidée de son saint ami, le prêtre Genès, et des aumônes des Parisiens, fit rétablir cette chapelle sur un plan plus vaste et plus conforme à l'affluence du monde que la réputation de saint Denis attirait sur son tombeau. Dès cette époque la dévotion des fidèles commença à enrichir singulièrement cette chapelle ou église de Saint-Denis. On voit qu'en 574 quelques-uns des soldats allemands du roi Sigebert, qui revenaient d'une invasion faite dans les états du roi Chilpéric, entrèrent dans cette église: un officier enleva de dessus le tombeau une *pièce d'étoffe de soie garnie d'or et de pierreries*. Un autre soldat, ayant monté sur le tombeau qui finissait en forme de tour, pour en arracher une *colombe d'or* qui y était, se laissa tomber et se tua.

En l'an 580, le roi Chilpéric, ayant perdu le jeune Dagobert son fils, à *Brinnacum*, entre Paris et Soissons, fit transporter dans l'église de Saint-Denis le corps de ce jeune prince. C'est la première inhumation de prince qu'on sache y avoir été faite. Mais il paraît qu'à cette

époque chacun pouvait, moyennant de l'argent, acheter
l'honneur de se faire enterrer dans cette église. Du moins
c'est ce que nous apprend le testament d'une dame
Théodilane, qui fut inhumée, en 626, sous le règne de
Clotaire II, par suite de la donation qu'elle avait faite de
tous ses biens à l'abbaye.

Dagobert Iᵉʳ passe aux yeux du vulgaire pour avoir été
le fondateur de l'église et abbaye de Saint-Denis. Cependant il est constant qu'il ne fit que restaurer et embellir
l'église; et le testament de la dame Théodilane nous démontre que l'abbaye existait déjà, puisqu'il est dit que
*ses biens seront remis entre les mains de l'abbé Dodon,
qui gouverne le monastère de Saint-Denis.* Dagobert, suivant Frédégaire, auteur contemporain, fit faire un grand
nombre de décorations dans cette église, tant en or qu'en
argent et pierreries. Saint Eloy, cet illustre orfévre,
dont l'histoire se lie si intimement avec celle du roi Dagobert, fut chargé de l'exécution de ces embellissemens.
Au reste, les historiens de Dagobert ont, suivant l'usage
de ces temps de barbarie et d'ignorance, débité les
contes les plus ridicules et les exagérations les plus
absurdes sur ces embellissemens faits par le monarque
à cette église. Ils ont été jusqu'à dire que Dagobert
l'avait fait *couvrir en argent;* et des historiens modernes
n'ont pas craint de se couvrir de ridicule en répétant
cette absurdité, digne du temps où elle a été inventée.

Dagobert, restaurateur de l'église Saint-Denis, fut
aussi le bienfaiteur de son abbaye. Il la combla de biens
et lui abandonna un grand nombre de terres; enfin voulant, par un dernier témoignage, montrer combien lui
était cher le lieu qui renfermait les reliques de saint
Denis, il exprima dans son testament la volonté d'être

enterré dans l'église qu'il avait si libéralement restaurée.
Ce monarque, qui déjà y avait fait déposer les restes de
Landégisile, frère de la reine Nanthilde son épouse, y
fut en effet inhumé. Ce fut le premier roi qui y reçut la
sépulture.

Pepin-le-Bref, père de Charlemagne, fit abattre cette
église restaurée par Dagobert, et sur l'emplacement en
commença une autre beaucoup plus vaste. Il mourut
avant de la voir achevée; et Charlemagne, à la sollicitation de Fulrad, quatorzième abbé de Saint-Denis, la
fit continuer, et elle fut terminée et consacrée au mois
de février 775, en présence même du monarque, qui s'y
rendit exprès avec toute la pompe de sa cour.

De cette église bâtie par Pepin et Charlemagne il
ne reste plus maintenant que les *cryptes* ou chapelles
souterraines qui sont autour du chœur. Ces cryptes présentent encore des modèles assez bien conservés de l'architecture lombarde introduite sous Charlemagne, et
dont il avait rapporté le goût en France après ses glo-
rieuses campagnes d'Italie. Sous ce rapport, elles sont
surtout précieuses pour les artistes, les monumens qui
rappelaient cette architecture ayant presque tous été
détruits en 1793. C'était dans ces cryptes que, depuis
cent cinquante ans, il était d'usage de placer les corps
de nos rois.

Suger, abbé de Saint-Denis, et régent du royaume
pendant la première croisade, entreprise par Louis VII,
dit le Jeune, fit de nouveau démolir cette église, et en fit
rebâtir une plus majestueuse. Le portail et les deux tours
que l'on voit aujourd'hui datent de cette dernière construction. Il ne lui laissa que quelques parties de l'ancienne

église, et de cette manière il en fit un édifice pour ainsi
dire entièrement neuf [1].

(1) Selon M. Gilbert, auteur d'une *Nouvelle Description historique de l'église royale de Saint-Denis*, « l'abbé Suger fit d'abord
abattre une espèce de porche en saillie, d'un style lourd, qui était
au-devant du grand portail, et que Charlemagne, par respect pour
a mémoire de son père, Pepin, avait fait élever pour sa sépulture.
Mais il paraît que le pieux abbé, voulant lui-même respecter les
volontés de Pepin, qui, dans son testament, avait demandé à être
inhumé au-devant de la principale porte de l'église de Saint-Denis,
non *sur le dos,* selon l'usage, *mais sur le ventre,* par humilité,
fit replacer ce tombeau dans le lieu où il l'avait trouvé. » Le fait
suivant va le prouver.

« Le 24 juillet 1812, en fouillant, pour faire le massif d'un nouveau perron, au-dehors du portail de cette église, à un peu plus
de trois pieds en avant de la principale porte d'entrée, et à un pied
environ de profondeur, on a trouvé un cercueil, en pierre de *Ver-
gelet,* long de six pieds, sur à peu près deux pieds de hauteur,
creusé, dans toute sa longueur, d'environ un pied de profondeur;
et, ce qu'il y a de particulier, c'est qu'on a fait dans la partie supérieure une entaille juste pour y placer la tête du cadavre. La
pierre tumulaire qui le recouvre, brisée par les coups de pioche
des ouvriers, ne contenait aucune inscription, ni aucune marque
qui puisse indiquer à qui ce tombeau appartenait. On n'a trouvé
dans l'intérieur de ce cercueil que quelques ossemens, dont il eût
été important de vérifier la position respective, avant de les re-
muer, afin de s'assurer si véritablement ce cadavre avait la face
tournée contre terre; alors il ne resterait plus aucun doute que
ce tombeau eût été celui de Pepin; car il faut observer que l'effigie de ce prince, que l'on voyait autrefois dans cette église, n'était
qu'un simple cénotaphe érigé à sa mémoire par saint Louis, en 1264,
époque à laquelle les corps des rois et des reines de la seconde race
furent transportés par ses ordres au côté droit du chœur, où l'on
voyait leurs effigies, avant 1793. Il est probable que, sous saint

Il paraît que c'est surtout à cette époque que le village de Saint-Denis commença à devenir considérable autour de l'église. Les habitans abandonnèrent peu à peu l'ancien *Catholacum*, et se rapprochèrent de l'abbaye qui les enrichissait. Suger reçut d'eux la somme de deux cents livres pour l'aider à la reconstruction de l'église.

Quand l'édifice fut à peu près achevé, l'abbé de Saint-Denis invita plusieurs évêques de France à en venir faire la dédicace.

Il fit bâtir cette partie de l'église qu'on appelle *chevet*, avec une pierre fort belle qu'on découvrit auprès de Pontoise, et ce fut Louis VII qui, à la prière de l'abbé, en posa la première pierre. Tous les évêques, présens à cette cérémonie, en posèrent également une, au rapport de frère Guillaume, secrétaire de Suger, qui ajoute que, lorsqu'on en fut à ces paroles de la bénédiction d'une église, *Lapides pretiosi omnes muri tui et turres, Jerusalem, gemmis ædificabuntur*, le roi, qui mettait ordinairement beaucoup de magnificence dans ses actions, ôta de son doigt un anneau de grand prix, et le jeta dans les fondemens; quelques-uns des assistans en firent de même. Cette cérémonie eut lieu le 14 juillet de l'an 1140.

Louis, on avait perdu de vue le vrai lieu de la sépulture de Pepin, puisqu'elle resta intacte. C'est par la même raison que, lorsqu'en 1793 on a dissipé les cendres des rois et violé leurs tombeaux, on n'a pas même soupçonné l'existence de celui-ci. M. Brial, un des savans de cet ordre qui a tant éclairé les antiquités du *moyen âge*, a lu à la classe d'histoire et de littérature anciennes de l'Institut un mémoire curieux sur cette découverte, dont nous avons extrait ce que nous venons de rapporter (*Voyez* le Rapport sur les travaux de la troisième classe, juillet 1812). »

I.

L'église fut entièrement terminée le 11 juin 1144.
Suger alors s'empressa d'appeler à Saint-Denis les artistes les plus habiles du royaume, tels que sculpteurs,
peintres, charpentiers, fondeurs, orfévres et vitriers,
afin d'orner le dehors et le dedans de son édifice. Mais
la décoration à laquelle Suger attacha le plus d'importance, fut la peinture sur verre, procédé perdu aujour-
d'hui, et qui trouva dans la protection de l'abbé un
noble sujet d'encouragement. Selon Doublet, Suger fit
venir des pays étrangers *des faiseurs de vitres et des*
compositeurs de verre pour travailler aux vitraux de son
église. Outre les sujets pieux tirés de l'histoire de notre
religion, l'abbé fit représenter sur ces vitraux par ces
artistes les événemens les plus remarquables de la première croisade. Voulant ensuite veiller, même après sa
mort, à la conservation des objets d'art qu'il avait fait
faire, il assigna dans son testament les fonds nécessaires
à l'entretien de deux artistes chargés du soin de réparer
les vitres et les ornemens d'or et d'argent.

Cependant, quelque zèle qu'eût montré Suger dans la
construction de cette église, il paraît qu'il négligea un
point bien essentiel, celui de la solidité ; du moins on
est porté à le croire en voyant que, cent ans après, elle
menaçait ruine. Eudes Clément, qui gouvernait alors
l'abbaye de Saint-Denis, se décida à la reconstruire de
nouveau ; et, à sa sollicitation, le roi saint Louis et la reine
Blanche de Castille, sa mère, contribuèrent par leurs
dons à cette œuvre de piété. Cette union de Louis IX et
de sa mère, dans cette circonstance, fut célébrée par
divers dessins peints sur les vitraux, et l'on voyait encore,
en 1793, les armes de Castille accolées à celles de France.
Eudes Clément fit commencer ce nouvel édifice en 1231.

Il n'eut pas la satisfaction de le terminer ; car on trouve dans les historiens du temps des preuves qu'il ne fut achevé qu'en 1281, sous le règne de Philippe IV dit *le Bel*, et par les soins de l'abbé Mathieu de Vendôme, qui gouvernait alors l'abbaye de Saint-Denis avec autant de gloire que Suger, et qui, comme lui, avait été régent du royaume sous saint Louis pendant la seconde croisade que ce pieux monarque entreprit en 1270. Il paraît qu'à cette époque où l'on commença cette dernière reconstruction de Saint-Denis, il courait parmi les dévots une vieille tradition qui voulait que l'église de Suger eût été consacrée par Jésus-Christ lui-même. Les historiens nous apprennent qu'avant de se déterminer à l'abattre, Eudes Clément crut devoir écrire au pape pour lui en demander la permission. Heureusement le saint père lui fit une réponse favorable.

On attribue à ces reconstructions, trop souvent recommencées, l'irrégularité que l'on remarque dans les plans extérieurs de l'édifice. Pour tirer des lignes droites, il eût fallu transporter la grande porte à l'endroit où est la tour méridionale que l'on voulait conserver. Pierre-le-Grand, fondateur de l'empire de Russie, examinant cette église pendant le voyage qu'il fit en France en 1717, s'aperçut fort bien de ce défaut de régularité.

On voyait encore dans cette église, avant la révolution, des vitraux qui représentaient les actions de saint Louis. On en voyait même d'autres qui paraissaient être plus anciens, ayant probablement été réservés de l'édifice précédent où nous avons vu que Suger avait placé des vitrages peints par les plus fameux artistes de son temps. Parmi ces anciens vitraux on en remarquait un sur lequel était représenté saint Paul tournant la meule

d'un moulin, et les prophètes qui apportaient leurs sacs
de blé, avec ce vers au-dessous :

Tollis agendo molam de furfure, Paule, farinam.

L'épaisseur extrordinaire et la couleur rembrunie de
ces vitraux contribuaient beaucoup à rendre cette église
un peu obscure ; il est pourtant peu d'églises où les croisées aient été aussi multipliées ; ce qui faisait dire que
cet édifice avait plus de vitres que de murs. Mais, loin de
trouver que cette obscurité fût un défaut, nous croyons
au contraire qu'elle est un des attributs nécessaires aux
temples. Ces teintes sombres et mystérieuses que les
vitraux peints jetaient dans les églises gothiques, avaient
un charme que n'ont pas nos édifices modernes depuis que
la perte du procédé de la peinture sur verre ne permet
plus d'appliquer sur les croisées de nos temples ces larges
compositions que l'on remarque avec tant de plaisir dans
ceux des douzième et treizième siècles.

Quand le roi Jean, fait prisonnier à la bataille de
Poitiers, abandonna la France au pillage et à la dévastation, les religieux de Saint-Denis, craignant avec
raison de voir leur église souillée par la présence et les
brigandages des Anglais, songèrent à la fortifier et à la
mettre à l'abri de leurs incursions. Le dauphin Charles v,
régent du royaume pendant la captivité de son père,
leur permit, en 1258, d'abattre plusieurs maisons voisines pour disposer d'une manière plus avantageuse ces
fortifications. Il est à croire que les créneaux qui couronnent encore aujourd'hui la partie inférieure des deux tours
du portail, datent de ce temps-là.

En 1373, Charles v fit bâtir la chapelle que l'on trouve
la première à droite, en entrant sous le bas côté du chœur.

Il la fit bâtir pour lui servir de sépulture à lui et à sa famille.

Telle qu'elle est aujourd'hui, l'église présente donc des agrégations de construction qui remontent à cinq époques différentes ; la première en 775, la deuxième en 1140, la troisième en 1231, la quatrième en 1281, et enfin la cinquième en 1373. Peu d'édifices de ce genre en France peuvent se vanter d'une antiquité aussi reculée.

L'*oriflamme*, cette célèbre bannière des Français, qu'ils regardèrent si long-temps comme le palladium de la patrie, et qui les guida si souvent à la victoire, l'oriflamme était renfermée dans l'église Saint-Denis, et les moines tenaient à grand honneur d'avoir la garde de ce précieux dépôt. Quand nos rois partaient pour la guerre, ils venaient eux-mêmes en grande cérémonie recevoir des mains de l'abbé cet étendard sacré, et le donnaient à porter au guerrier qui, dans l'armée, avait la réputation d'être le chevalier le plus valeureux. Celui-ci, en le recevant, des mains du monarque, faisait le serment de le conserver intact, et de sacrifier sa vie plutôt que de l'abandonner au pouvoir de l'ennemi. Depuis Louis VI, dit *le Gros*, jusqu'à Charles VII, on voit toujours l'oriflamme à la tête de nos armées ; et, soit qu'elles remportassent la victoire, soit qu'elles fussent vaincues on ne voit pas que jamais l'ennemi s'en soit emparé. Mais à cette dernière époque, la cornette blanche étant devenue la bannière de la France, l'oriflamme cessa d'être en vénération, et resta enfouie dans les trésors de Saint-Denis. Deux inventaires de cette église, faits, l'un en 1534, et l'autre en 1594, nous prouvent qu'elle existait encore vers ce temps-là. Depuis lors il n'en est

plus question , et l'on ignore comment elle s'est perdue.
L'oriflamme, entièrement semblable aux bannières de nos
églises, était de taffetas rouge , à trois pointes, garnies
de trousses vertes avec des franges d'or, et suspendue à
une lance dorée. Son nom latin , *aurea flamma*, flamme
d'or, prouve assez que l'or devait être employé dans sa
composition. Guillaume Guiart, dans son roman , en parle
de cette manière :

> Oriflamme est une bannière ,
> Aucun poi plus forte que guimple ,
> De cendal ronjoyant et simple ,
> Sans pourtraiture d'autre affaire.
> Li roi Dagobert la fit faire , etc.

Aucune église de France n'avait un *trésor* aussi riche
et aussi célèbre que celui de Saint-Denis. Il était un objet
d'admiration pour tous ceux qui venaient le visiter. Quoiqu'il ait été dilapidé et dispersé dans des temps malheureux, dont nous voudrions pouvoir effacer le souvenir ; nous croyons cependant devoir en donner la description telle que nous la trouvons dans M. Dulaure, qui
en a parlé dans un ouvrage publié avant la révolution.
Nos lecteurs verront que, parmi le grand nombre d'objets que la seule crédulité rendait précieux , il s'en trouvait beaucoup d'autres qui auraient mérité d'être respectés.

Ce trésor de Saint-Denis était précieusement renfermé
dans cinq armoires.

Dans la première était une croix d'or qui avait deux pieds
et demi de long, dans laquelle était enchâssé un morceau
de la vraie croix de la longueur d'un pied ; cette croix
était couverte de pierres précieuses. Baudouin , empe-

reur de Constantinople, en fit présent au roi Philippe-Auguste, qui la donna à Saint-Denis.

Un crucifix, fait du bois de la *vraie croix*, donné par le pape Clément III au même Philippe-Auguste. Parce qu'on y voyait sur le reliquaire les armes de Berry, on croyait que ce crucifix avait appartenu à Jean, duc de Berry.

Une châsse de vermeil, dans laquelle étaient des parcelles des principales *reliques de Notre-Seigneur*, qui étaient à la Sainte-Chapelle de Paris.

Un des *clous* avec lesquels Jésus-Christ fut attaché à la croix. On croit que l'empereur Constantin en fit présent à Charlemagne; mais ce fut Charles-le-Chauve qui le donna à l'abbaye de Saint-Denis.

Un reliquaire qu'on nommait ordinairement, *l'oratoire de Philippe-Auguste*. La face extérieure était d'or, le reste de vermeil. Les inscriptions qu'on y lisait constataient qu'il renfermait plus de cinquante reliques.

Deux images de vermeil, dont l'une représentait la sainte Vierge tenant en sa main droite une fleur de lis d'or, sur laquelle on lisait, en lettres d'or, ces mots : *Des cheveux de Notre-Dame*. On ignorait ce que représentait l'autre. Ces deux images avaient été données par Jeanne d'Evreux, reine de France et de Navarre.

Un reliquaire d'or dans lequel était renfermé un *ossement du bras de saint Simon*, qui reçut Notre-Seigneur au temple.

Un reliquaire de vermeil, représentant le martyre de saint Hippolyte, et dans lequel était un *ossement* de ce martyr.

Une image de la sainte Vierge tenant un reliquaire rempli de *langes de l'enfant Jésus*. Cette image avait été donnée par l'abbé de Monceau, dont on y voyait les armes.

Un bâton de vermeil, dont le chantre se servait au chœur les jours solennels. Les vers qui étaient gravés autour apprenaient que c'était un présent que fit Guillaume Roquemont, chantre de Saint-Denis, en 1394.

Deux mitres des anciens abbés de Saint-Denis. L'une tait à fond de perles, enrichie de quantité de pierreries enchâssées en or; l'autre était semée de fleurs de lis et couverte de semences de perles. Sur celle-ci on lisait: *Petrus, abbas, me fecit;* ce qui doit s'entendre de *Pierre d'Auteuil,* qui était abbé de Saint-Denis en 1221.

Une crosse de vermeil, sur laquelle étaient les armes du cardinal de Lorraine, abbé de Saint-Denis, qui la donna à cette église.

Les couronnes, le sceptre et la main de justice, qui servirent au sacre du roi Henri IV. L'une de ces couronnes était d'or, le reste de vermeil.

Dans un cristal on voyait enchâssée *une dent de saint Pancrace*, martyr.

Un calice et une patène de vermeil.

Un reliquaire où étaient renfermés sous un cristal de roche quelques *ossemens de saint Placide*, martyr. L'inscription apprenait qu'il fut donné, en 1320, par Pierre de Prailly, et par Gaultier de Pontoise, dont le premier était prieur de cette abbaye; le second en était chambrier. Les deux figures d'anges qui étaient aux côtés de ce reliquaire étaient d'ivoire.

Un morceau de *cruche* d'une espèce de marbre ou d'albâtre. On dit qu'elle venait d'une de celles qui servirent aux noces de Cana. Cette cruche n'était pas la seule qu'il y eût en France. Les religieuses de Port-Royal en conservaient une tout entière, qui, dit-on, avait servi aux mêmes noces.

Un reliquaire de vermeil, où était renfermé l'*os d'un bras de saint Eustache*, martyr.

Dans la *seconde armoire*, un buste de vermeil, dans lequel était le *chef de saint Hilaire*, évêque de Poitiers, père et docteur de l'église. Sa mitre était toute couverte de perles et de pierreries, de même que l'*orfroi* qui était autour du cou de la figure. On y remarquait encore une superbe agate sur laquelle était représenté l'empereur Auguste, ornement assez bizarre pour la mitre d'un évêque. Un os d'un des bras du même saint Hilaire était aussi dans ce reliquaire, qui fut fait par les religieux de Saint-Denis après que les troubles de la ligue furent apaisés.

Une croix d'or enrichie de pierreries, dans laquelle était une verge de fer, tirée du gril sur lequel saint Laurent fut brûlé; l'on croit que c'était un présent de Charles-le-Chauve.

Un reliquaire de cristal garni d'argent, dans lequel étaient des *cheveux et des vêtemens* de sainte Marguerite, vierge et martyre.

Un reliquaire de vermeil, qui représentait la Madeleine sur un piédestal, semé de fleurs de lis. Sur le sous-bassement l'on voyait à genoux le roi Charles V, la reine Jeanne de Bourbon sa femme, et Charles, dauphin, leur fils, ce qui était attesté par les armes gravées au-dessous, et par l'inscription qui était conçue en ces termes : *Ce joyau d'argent fit faire le roi Charles, fils du roi Jehan, et y est en or ou veselle garnie de pierreries le* MENTON DE LA BENOITE MADELAINE ; *lequel fut donné audit roi par les de Montmoransy qui, par le terme de plus de cent ans, avait de père en filz de ses prédécesseurs estey gardeie de trez lont tanz à euz par un roi de France donné*, et ce don en *fit à roi le jour saint Nicolas*, le VI *jour de desambre l'an M.CCC. LXVIII*, ou *quel jour dudit fut dudit roi compère, et teint son premier filz sur fonz.* Au lieu du menton de sainte Madeleine que portait autrefois la principale figure de ce reliquaire, elle portait, à l'époque de la révolution, *un doigt de l'apôtre saint Barthélemy.* Les armes d'Anjou et de Hongrie, que l'on voyait sur le reliquaire, avaient fait penser que peut-être ils avaient appartenu à la reine Clémence, femme de Louis x.

Un reliquaire de vermeil, où était enchâssé un ossement de *l'épaule de Saint-Jean-Baptiste.* On prétend que cette relique fut envoyée au roi Dagobert par l'empereur Héraclius.

Une image d'argent qui représentait saint Léger, évêque d'Autun, tenant *un des yeux* qu'Ebroïn, maire du palais, lui avait fait arracher.

Une image de vermeil qui représentait saint Nicolas, évêque de Myre; dans le soubassement étaient renfermées *quelques reliques* du même saint. Cette image fut donnée à l'église de Saint-Denis par Guy de Manceau, qui en était abbé.

Une croix de vermeil, enrichie d'émaux, et dans laquelle il y avait du *bois de la vraie croix.* Jérôme, chambellan, grand-prieur de ce monastère, en fit présent à son église l'an 1550.

Une paire de chandeliers de vermeil. L'agrafe d'une riche chape donnée par la reine Anne de Bretagne. Sur cette agrafe était une hyacinthe orientale, entourée d'une cordelière, sur laquelle était écrit en lettres d'or : *Non munera.* Les armes de la même reine y étaient aussi en or émaillé.

Un vase de cristal de roche, et un autre de béryl, taillé en pointes de diamans. Ils ont été donnés l'un et l'autre par l'abbé Suger.

Une image de vermeil qui représentait saint Denis, et dans laquelle il y avait *des reliques* de ce saint. Les armes qui y étaient gravées annonçaient que c'était un présent de Marguerite de France, comtesse de Flandre.

Une image de vermeil qui représentait sainte Catherine, et renfermait quelques-unes de ses *reliques*. C'était l'abbé Guy de Manceau qui l'avait donnée.

Un reliquaire d'argent, fait en forme d'église, sur le frontispice de laquelle étaient les armes de l'abbaye de Saint-Denis et celle de Jean de Villiers, évêque de Lombez, cardinal et abbé de Saint-Denis, en 1474. Ce reliquaire contenait les reliques de plusieurs saints.

Une aiguière et bassin d'argent doré. Sur le fond de ce bassin était représentée l'histoire de Joseph vendu par ses frères; tout autour étaient des médaillons d'empereurs.

Un bâton d'or émaillé et orné de filigranes. A l'extrémité était un aigle portant un jeune homme. Les antiquaires ne sont point d'accord sur l'usage de ce bâton. Les uns prétendent que ce fut le sceptre de Dagobert, d'autres croient que c'était un bâton consulaire. Cette dernière opinion nous paraît être la plus vraisemblable, car il est certain que les rois de la première et de la deuxième race ne faisaient jamais usage de sceptre. C'est Louis x, dit *le Hutin*, qui le premier s'en est servi en signe de commandement.

Un aigle d'or enrichi d'un très-beau saphir et d'autres pierreries. On croit communément que cet aigle avait servi d'agrafe au manteau royal de Dagobert.

Un reliquaire de vermeil, dans lequel étaient *des reli-ques de saint Pantaléon*, martyr.

Un autre reliquaire, où étaient des *os du prophète Isaïe*.

Les deux couronnes qui servirent au sacre de Louis xiii; l'une était d'or, et l'autre de vermeil.

La couronne de vermeil qui avait servi aux funérailles de la reine Anne d'Autriche.

Une image de la vierge, faite en ivoire, et ayant une couronne d'or enrichie de pierreries.

Un Missel de sept ou huit cents ans d'antiquité. Un Nouveau-Testament, écrit sur du vélin, et qui remontait à plus de neuf cents ans d'ancienneté. Plusieurs manuscrits fort anciens, dont la plupart avaient des couvertures fort riches.

Dans la troisième armoire on voyait le *chef de saint Denis*, patron de l'église, apôtre des Gaules, et prétendu premier évêque de Paris. L'image de ce saint était d'or, ainsi que sa mitre couverte de perles et de pierreries, de même que les pendans. Les deux anges qui soutenaient le chef étaient de vermeil, comme aussi un troisième qui était sur le devant. Ce dernier tenait en ses mains un reliquaire d'or enrichi de perles et de pierreries, et dans lequel était un *ossement de l'épaule de saint Denis*. Ce fut l'abbé Mathieu de Vendôme qui fit enchâsser de cette manière le chef de ce saint.

Un reliquaire de vermeil, dans lequel était enchâssée une *main de saint Thomas*, apôtre. Ce fut Jean, duc de Berry, qui en fit présent à l'abbaye de Saint-Denis vers l'an 1394.

Un reliquaire de vermeil, dans lequel était enchâssée la *mâchoire inférieure du roi saint Louis*. Cette relique était portée par deux figures couronnées, qui avaient ces

inscriptions sous leurs pieds : d'un côté, *Philippus IV,
rex Franciæ, filius beati Ludovici regis ;* et, de l'autre,
Philippus V, rex Franciæ, filius Philippi quarti regis.
De toutes les reliques qui étaient dans le trésor de l'abbaye
de Saint-Denis, cette dernière nous paraît être celle qui
présentait le plus d'authenticité ; Philippe-le-Hardi, qui
était ordinairement appelé Philippe III, est ici nommé
Philippe IV, parce que l'on a compté quelquefois parmi
nos rois le fils aîné de Louis VI, nommé Philippe, qui
fut couronné du vivant de son père, et qui mourut avant
lui. On voyait encore à ce même reliquaire une troisième figure ; c'était celle de Gilles de Pontoise, qui tenait
un autre petit reliquaire dans lequel était enchâssé un
ossement du même saint Louis. Ce Gilles de Pontoise
était abbé de Saint-Denis, et fit faire ce reliquaire.

Un cristal de roche, sur lequel était gravé un crucifix
avec les images de la vierge Marie et de saint Jean.
Dans ce reliquaire on conservait encore *quelques morceaux
des habits de saint Louis.* L'encastrement était d'or,
enrichi de perles et de pierres précieuses.

Un chef d'argent qui représentait saint Denis ; c'était
un vœu fait à ce saint.

Un lapis enchâssé dans de l'or, et entouré de perles
et de pierreries. Jésus-Christ était représenté sur ce lapis
avec des caractères qui formaient son nom. Sur le revers
était l'image de la Vierge, avec les lettres initiales de
mère de Dieu.

Une agrafe du manteau royal de saint Denis, laquelle
était de vermeil et enrichie d'anneaux et de pierreries.

Un reliquaire de vermeil représentant une main, et
dans laquelle était un petit *ossement de saint Denis,* que
saint Louis portait dans ses voyages.

Une tasse de bois de Tamaris, dont on dit que saint Louis se servait pour se préserver du mal de rate.

L'épée que le même saint portait dans ses voyages à la Terre-Sainte.

Une fiole d'agate-onix ; l'anneau de saint Louis ; il était d'or, semé de fleurs de lis, et garni d'un saphir sur lequel était gravée l'image de ce saint roi, accompagné de ces deux lettres, S. L., qui signifiaient *Sigillum Ludovici*. Au bout de la chaîne était une pièce de monnaie d'argent, frappée à Saint-Denis ; on y lisait : *Karolus* en monogramme, et autour, *gratiâ Dei rex* ; de l'autre côté, *Sancti Dionysii M.*

Une couronne d'or, enrichie de pierreries, parmi lesquelles était un rubis. Dans ce rubis était enchâssée *une épine de la couronne de Jésus-Christ*.

Deux couronnes, dont l'une était d'or, et l'autre de vermeil ; c'étaient celles dont Louis XIV se servit à son sacre.

Le calice et la patène de l'abbé Suger ; la coupe du calice était d'une très-belle agate orientale, parfaitement travaillée. La patène était d'une pierre précieuse appelée *serpentine*, semée de petits dauphins d'or, etc.

Un calice et des burettes de cristal qu'on prétendait avoir servi à saint Denis.

Une agate sur laquelle était représentée une reine ; on ignore laquelle. La bordure était de vermeil, travaillée en filigrane, et ornée de pierres précieuses.

Un manuscrit en vélin qui contenait les ouvrages attribués à saint Denis l'aréopagite, avec les commentaires de Maxime. La couverture était d'argent, ornée de petites figures d'ivoire, et enrichie d'un grand nombre de pierres précieuses. A la fin de ce manuscrit on lisait que c'était un cadeau de l'empereur *Manuel Paléologue*, et que *Manuel Chrysolorus*, son ambassadeur, l'apporta à Saint-Denis l'an 1408.

Une agrafe d'argent doré, ornée de quelques pierreries, sur laquelle saint Denis était représenté, comme aussi deux autres figures. Des anneaux pontificaux ; ils étaient d'or, et sur celui du milieu on voyait un saphir entouré de plusieurs perles et pierreries. L'inscription qui y était gravée apprenait qu'il avait servi à saint Denis. Un bâton pastoral, couvert d'or et enrichi d'émaux et de pierreries, qui passait aussi pour avoir servi au même saint Denis.

Une couronne de vermeil, qui a servi aux funérailles de la reine Marie-Thérèse d'Autriche, femme de Louis XIV.

Dans la quatrième armoire, on voyait le buste en vermeil de saint Benoît. La mitre était couverte de petites médailles d'agate, et enrichies de perles et de pierreries, de même que les deux pendants. Sur l'orfroi qui était au collet de la figure, était une médaille d'agate qui, selon quelques-uns, représentait l'empereur Tibère ; selon d'autres, l'empereur Domitien. Ce reliquaire contenait *une partie du chef de saint Benoît et un ossement de son bras*. Ce fut Jean, duc de Berry, qui en fit présent à l'église de saint-Denis en l'an 1401.

Une croix d'or, couverte de perles, de saphirs et d'émeraudes. Cette croix avait été donnée par Charles-le-Chauve.

L'oratoire de Charlemagne était un reliquaire magnifique par l'or, les perles et les pierreries dont il était orné. Sur le haut était la représentation d'une princesse que quelques antiquaires prenaient pour Cléopâtre, et d'autres pour Julie, fille de l'empereur Titus.

Un pontifical, dont la couverture était de vermeil, et qui représentait la cérémonie du sacre de nos rois. On croit qu'il avait environ sept cents ans d'antiquité.

Un vase d'agate, dont le pied, l'anse et le couvercle étaient de vermeil, enrichi de pierreries. Deux vers latins, qui étaient gravés sur le pied, apprenaient que c'était un présent de l'abbé Suger.

Un vase d'agate orientale, le plus beau et le plus rare dans ce genre-là. Les figures hiéroglyphiques qu'on y voyait étaient parfaites et d'un travail extrêmement précieux. Jean Tristan, sieur de Saint-Amand, en a donné l'explication dans le second tome de ses *Commentaires historiques*, page 603. Il croit que ce vase fut fait par ordre de Ptolémée Philadelphe, roi d'Egypte. Il représentait une fête célébrée en l'honneur de Bacchus. Sur le pied on lisait deux vers, qui apprenaient que ce vase avait été donné à Saint-Denis par Charles III. Il se trouve être gravé dans l'ouvrage du père Montfaucon.

Un vase de cristal de roche avec son couvercle d'or. L'inscription indiquait qu'il était destiné à renfermer de quoi manger après le repas, comme dragées, pastilles, etc.

La couronne de Charlemagne. Elle était d'or, enrichie de pierreries, et servait à la cérémonie du sacre de nos rois.

Un calice et une patène de vermeil d'une grandeur extraordinaire; une mitre de brocart d'or des anciens abbés de Saint-Denis; une agrafe d'or, enrichie de rubis et de diamans, et un tour de grosses perles orientales; une espèce de soucoupe d'or, au milieu de laquelle était représenté un roi assis sur son trône.

La tête d'un enfant faite d'une agate orientale.

Un César-Auguste en agate.

Un sceptre d'or qui avait cinq pieds dix pouces de

long, et au haut duquel était un lis d'or émaillé où était représenté Charlemagne sur son trône, avec cette inscription au-dessous, dans laquelle on voit que ce monarque était quelquefois qualifié de saint : *Sanctus Karolus Magnus, Italia, Roma, Gallia, Germania.*

Une plaque d'argent doré, sur laquelle saint Denis était représenté avec une inscription latine, qui faisait connaître qu'en 1610 Jacques Sobieski la donna à l'église de Saint-Denis en reconnaissance de ce qu'il avait été guéri d'une maladie dangereuse par l'intercession de ce saint.

L'épée de Charlemagne, dont la garde, la poignée et le pommeau étaient d'or, comme aussi les éperons. Une main de justice faite de corne de licorne, et dont le bâton était d'or.

La couronne de Jeanne d'Evreux, femme du roi Charles IV. Elle était d'or, enrichie de pierreries, et servait au couronnement des reines qu'il était d'usage de faire dans l'église Saint-Denis. On n'employait point pour les reines *la sainte ampoule*, mais du *saint chrême*. On les oignait au front, sur les épaules et à la poitrine. Pour cet effet, elles portaient à la cérémonie de leur sacre une tunique et une chemise fendue des deux côtés. On compte vingt-cinq reines de France qui ont été couronnées et sacrées. Marie de Médicis, femme de Henri-IV, est la dernière qui ait exigé cette cérémonie assez inutile.

Un livre d'épîtres et évangiles, dont la couverture était d'or, enrichie de pierreries.

Une gondole faite d'une agate onyx, garnie en or et décorée de pierres précieuses; une autre gondole faite d'une pierre de jade, garnie d'or émaillé.

Un calice et sa patène de vermeil. L'inscription qu'on y lisait annonçait que c'était un présent de Charles V.

Un vase de porphyre orné d'une tête d'aigle en vermeil.

Trois couronnes de vermeil, dont l'une avait servi à la pompe funèbre de Henriette de France, reine d'Angleterre; la seconde, aux funérailles de Marie-Anne-Christine-Victoire de Bavière, femme de Louis, dauphin de France; et la troisième, aux obsèques de Philippe de France, duc d'Orléans, frère unique de Louis XIV.

La cinquième armoire contenait une châsse de vermeil enrichie de pierreries, dans laquelle étaient *la plupart des ossemens de saint Louis.* Plusieurs figures qui ressemblaient à des vertus, et de petits tableaux en émaux où étaient peints les douze pairs de France, ornaient cette châsse qui avait été donnée par le cardinal *Louis de Bourbon* dans le temps qu'il était abbé de Saint-Denis.

Une châsse couverte de lames d'argent, et ornée de pierreries, dans laquelle était *le corps de saint Denis* que le pape Innocent III donna aux religieux de ce monastère, qui se trouvèrent au troisième concile de Latran tenu en 1215. Nous ne pouvons pas trop expliquer comment le pape Innocent III avait pu donner à ces religieux le corps de saint Denis enterré dans leur église.

Un buste de vermeil dans lequel était *le chef de saint Pierre l'exorciste*, martyr.

Les habits royaux qui servirent au sacre de Louis-le-Grand.

La couronne qui avait servi au sacre de Louis XV, et celle qui avait servi à celui de Louis XVI.

Enfin, *dans une sixième armoire*, construite depuis peu de temps, on conservait le manteau royal qui avait servi au sacre de Louis XVI; il était de velours cramoisi semé de fleurs de lis et doublé d'hermine.

Dans la même salle où étaient ces six armoires renfermant *le trésor de Saint-Denis*, on remarquait encore une foule d'autres objets curieux par leur prix ou leur antiquité, dont le détail nous entraînerait trop loin. Nous citerons seulement le portrait de la pucelle d'Orléans, son épée, celles de plusieurs guerriers de son temps, la chaise de bronze doré de Dagobert, etc. Cette chaise de Dagobert, ouvrage fameux de saint Eloi, et qui se voit maintenant au cabinet des antiques de la bibliothèque royale, était autrefois en grande vénération. C'était sur cette espèce de trône, assez grossièrement travaillé, que les rois de la première race recevaient les hommages des grands seigneurs de la France.

Outre le très-grand nombre de reliques que possédait l'abbaye de Saint-Denis, et dont nous avons donné le détail, elle en avait encore d'autres renfermées dans l'église, et exposées continuellement à la piété des fidèles. Les principales étaient le corps de saint Denis et ceux de saint Rustique et de saint Eleuthère, compagnons de son martyre. Ces trois corps étaient contenus dans trois châsses d'argent, élevées au fond du sanctuaire, et si anciennes que l'argent qui les composait ressemblait, par sa couleur, à du plomb. On lisait sur celle de saint Denis : *Hic situm est corpus beatissimi martyris Dionysii archiepiscopi.* Le style de cette inscription indique qu'elle a été gravée après la construction de la châsse ; car, s'il est vrai que saint Eloi en soit l'auteur, on n'aurait pas, dans ce temps-là, donné à saint-Denis la qualité d'archevêque. On n'a commencé à l'appeler ainsi que vers le 13e ou 14e siècle. L'histoire rapporte que le roi Dagobert avait une confiance absolue dans cette relique de saint Denis, et que, dans toutes ses expéditions guerrières, il se faisait toujours précéder de la châsse qui la renfermait.

Mais ce que les étrangers venaient principalement admirer à Saint-Denis, était la nombreuse et magnifique collection de tombeaux qui se trouvaient dans son église. Des rois, des reines, des princes, des princesses et quelques grands hommes plus célèbres que certains rois, reposaient là depuis des siècles, et recevaient dans la tombe les hommages de l'admiration et de la reconnaissance. Ils semblaient avoir trouvé à Saint-Denis un asile contre la destruction ; la gloire de leur nom planait majestueusement sur ces monumens élevés à leur mémoire, et c'est au nom de la patrie que l'on est venu troubler et disperser la cendre des héros qui faisaient l'honneur et l'orgueil de la nation française.

Nous réservant de parler avec quelque détail de la violation des tombes royales, nous commencerons par passer rapidement en revue cette antique collection de monumens, telle qu'elle s'offrait autrefois à l'œil des curieux. Nous nous servons de la description de *M. Dulaure* dans l'ouvrage déjà cité. Nous ferons connaître ensuite la distribution nouvelle du petit nombre de ces anciens monumens qui ont survécu à nos agitations politiques.

« Dans le sanctuaire, au côté droit du maître-autel, était le tombeau du bienfaiteur de cette abbaye, *Dagobert*, le premier de nos rois qui y fut enterré. Les bas-reliefs qui sont au-dessus de ce tombeau sont curieux par l'extravagance du sujet et la forme bizarre, grotesque, même indécente des figures. Ce sujet est tiré d'une vision qu'eut un nommé Jean, ermite, qui habitait une petite île sur les bords de la Sicile, et cet ermite en fit part à un certain Ansoald qui, par hasard, passait dans ce canton; celui-ci, à son retour en France, la raconta à qui voulut l'entendre. L'ermite Jean avait vu, sur la

ner, l'âme du roi Dagobert, tourmentée et déchirée à
coups de verges par des diables de figures affreuses, qui
l'entraînaient dans l'antre de Vulcain. Dagobert allait
être dévoré par les flammes, mais heureusement il s'avisa
d'implorer le secours de quelques saints, qui tout de suite
descendirent du ciel parmi des flots de lumière, et an-
noncèrent aux diables qu'ils étaient ceux que Dagobert
avait invoqués. Alors les diables se rendirent à ces rai-
sons, et Dagobert fut enlevé dans les airs par ses célestes
défenseurs; voilà du moins, ou à peu près, ce que ra-
conte le moine Aimoin dans le dernier livre de son Histoire
de France, chapitre xxxv, et le sujet qui a inspiré l'auteur du bas-relief en question.

« Ce bas-relief représente le roi Dagobert tout nu, aux
prises avec plusieurs diables dont la laideur est épouvantable, et qui s'efforcent de l'entraîner après sa mort
dans le fond des enfers. On y voit différentes scènes de
cette burlesque comédie. Un des diables, pour mieux
séduire le bon roi, s'est affublé la tête et les épaules
d'un capuchon, afin d'être pris pour un moine. L'imagination féconde et graveleuse du sculpteur a été plus
loi nencore ; un autre diable est figuré de façon qu'on
lui voit une face d'homme à la place de ce qui sert à sa
génération.

« Dans la première chapelle à gauche, placé au chevet de
l'église, était le superbe mausolée du vicomte de Turenne.
On voyait ce héros expirant dans les bras de l'Immortalité qui le couronne de lauriers, et désigne l'empire sur
lequel il remporta tant de glorieux avantages : ce groupe a
été exécuté par Tuby. Au devant un bas-relief de bronze
représente la dernière action de Turenne pendant la campagne de 1671, où, avec vingt-cinq mille hommes, il

battit, en différentes occasions, plus de soixante mille ennemis; et, à la journée de Turkeim, il extermina une grande partie de cette armée, et contraignit l'autre à repasser le Rhin.

« Deux figures de femmes sont aux deux côtés du tombeau: elles représentent, l'une, la Sagesse, qui semble étonnée du coup fatal qui enleva ce grand homme à la France; l'autre, la Valeur, qui paraît dans la consternation. Ces figures sont sculptées par les *Marcy*, et toute cette belle composition est due au génie de *Le Brun*.

« Ce mausolée, qui est maintenant aux Invalides, était alors sans épitaphe, quoiqu'il y eût une table de marbre noir consacré à cet usage. Dans l'intérieur était seulement cette inscription gravée sur le cercueil:

« *Ici est le corps de sérénissime prince HENRI DE LA TOUR-D'AUVERGNE, vicomte DE TURENNE, maréchal-général de France et armées du roi, colonel-général de la cavalerie légère de France, gouverneur du haut et bas Limousin, etc., lequel fut tué d'un coup de canon le 27 juillet 1672.*

« Le tombeau du Turenne du XIVe siècle, le célèbre Bertrand Duguesclin, était dans la chapelle dite de Charles V, à côté de ce roi qu'il servit si bien, et qui lui dut la tranquillité dont il jouit dans les dernières années de son règne. Ce héros, vainqueur des Anglais qu'il chassa de cette belle France où depuis si long-temps ils exerçaient leurs ravages accoutumés, est représenté couché sur son tombeau. On y lit cette épitaphe:

Ci gît noble homme messire BERTRAND DUGUES-

CLIN, *comte de Longueville, et connétable de France,*
qui trépassa à Châtelneuf-de-Randon en Gévaudan, en
la sénéchaussée de Beaucaire, le 13 juillet 1380. Priez
Dieu pour lui.

« Au rapport de tous les historiens français et anglais,
Bertrand Duguesclin fut le plus brave guerrier et le meilleur capitaine de son temps. Les peuples qui conservè-
rent pour sa mémoire la plus profonde vénération, l'ap-
pelaient long-temps encore après sa mort *le bon conné-*
table, et cette dénomination naïve vaut seule tous les
éloges. Il avait une figure peu avantageuse, mais il était
robuste, vigoureux, et ne respirait que les combats. *Je*
suis fort laid, disait-il étant jeune, *jamais je ne serai*
bien venu des dames, mais du moins je saurai me faire
craindre des ennemis de mon roi. A sa bravoure il joignait
une prudence consommée; et, quoiqu'il ne sût ni lire
ni écrire, à l'exemple des nobles de son temps, il battit
partout les Anglais, et justifia, par ses succès, les pres-
sentimens de sa jeunesse. L'évêque d'Auxerre prononça
son oraison funèbre dans l'église de Saint-Denis, et ce
fut pour honorer ce grand capitaine que parut le premier exemple d'oraison funèbre prononcée publiquement
dans une église.

« *Arnaud Guillem de Barbazan*, originaire de Bigorre
en Gascogne, servit la France avec tant de distinction, que
le roi Charles vii lui accorda, entre autres prérogatives,
celle de porter dans son écusson les armes de France
sans aucunes brisures, et lui donna, dans des lettres-
patentes, le titre de *restaurateur du royaume et de la cou-*
ronne de France. Il mourut en 1432, et fut enterré à Saint-
Denis dans la chapelle de Charles v, par ordre exprès du

roi. Son tombeau est entièrement en bronze, et on y lit cette inscription :

En ce lieu gist, sous cette lame,
Feu noble homme à qui Dieu pardonne à l'âme,
Arnaud-Guillem, seigneur de *BARBAZAN*,
Qui conseiller et premier chambellan
Fut du roi Charles, septième de ce nom,
Et en armes chevalier de renom,
Sans reproche, et qui aima droiture
Tout son vivant ; par quoi sa sépulture
Lui a été permise d'être icy.
Priez à Dieu qu'il lui fasse mercy. »
Amen.

Quoique nous ayons blâmé, avec quelque raison, l'usage de placer les tombeaux des grands hommes dans l'intérieur des églises, et que nous ayons démontré que ces sortes de monumens produisent beaucoup plus d'effet quand ils sont placés isolément, cependant il est vrai de dire que la réunion de ceux que les siècles avaient rassemblés à Saint-Denis, présentait un spectacle majestueux et imposant. Les grands souvenirs que rappelaient tous ces noms qui appartenaient plus ou moins à l'histoire, le terrible exemple que la mort donnait là de sa puissance, tous ces costumes antiques et variés, dont la bigarrure représentait fidèlement les temps qui les avaient vus naître ; ces armes, ces blasons, ces cimiers, ces couronnes et ces divers attributs de la valeur guerrière, de la sagesse civile ou de la piété religieuse, touchaient puissamment le cœur, et portaient dans l'âme un noble enthousiasme, une mélancolie qui n'était point sans intérêt et sans charmes.

Mais, par le motif que les tombeaux de Saint-Denis rappelaient aux Français les souvenirs de la monarchie, proscrite à cette époque, on vit tout à coup, en 1793, des législateurs insensés ordonner leur destruction. Le 31 juillet, sur la proposition de Barrère, la convention nationale rendit un décret portant *que les tombeaux et mausolées des ci-devant rois, élevés dans l'église de Saint-Denis, dans les temples et autres lieux, dans toute l'étendue de la république, seraient détruits.*

Une commission fut aussitôt nommée pour présider à cette *destruction décrétée..* Heureusement, sur la réclamation de quelques amis des arts, on y adjoignit une autre commission dite *des monumens*, chargée de conserver ceux qui leur paraîtraient dignes de cette faveur.

M. Lenoir, conservateur du ci-devant Musée des monumens français, dans lequel il avait rassemblé avec autant de zèle que de goût tous les monumens échappés à la destruction, a donné l'extrait du procès-verbal des exhumations faites à Saint-Denis. Nos lecteurs nous sauront gré de le consigner ici. Nous le prenons dans l'ouvrage de M. Prudhomme, intitulé *Miroir de Paris.*

« Le samedi 12 octobre 1793, les membres, composant la municipalité de Franciade (nom que l'on donna à cette époque à la ville de Saint-Denis), ayant donné les ordres d'exhumer, dans l'abbaye de Saint-Denis, les corps des rois, des reines, des princes et princesses, et des hommes célèbres qui avaient été inhumés pendant près de quinze cents ans, pour en extraire les plombs, conformément au décret rendu par la convention nationale, les ouvriers, curieux de voir les restes d'un grand homme, s'empressèrent d'ouvrir le tombeau de Turenne [1].

(1) Les différens poètes qui ont chanté la profanation des tombeaux de Saint Denis, se sont plu à répandre des fleurs sur les

2.

Ce fut le premier. [Quel fut leur étonnement lorsqu'ils eurent démoli la fermeture du petit caveau placé immédiatement au-dessous du tombeau de marbre que sa

noms fameux de Duguesclin et de Turenne. Legouvé, en blâmant poétiquement ces déplorables excès, à une époque encore voisine du temps où ils avaient été commis, a dit :

Où sont ces vieux tombeaux et ces marbres antiques
Qui des temples sacrés décoraient les portiques ?
O forfait ! ces brigands, dont la férocité
Viola des prisons l'asile épouvanté,
Coururent, tout sanglans, de nos aïeux célèbres
Profaner, mutiler, les monumens funèbres,
Et commettre, à la voix d'un lâche tribunat,
Sur des cadavres même un autre assassinat.
Gloire, talent, vertu, rien n'arrêta leur rage.
O guerriers généreux dont le mâle courage
De l'état ébranlé releva le destin,
Vengeurs du nom français, Turenne, Duguesclin,
Vous vîtes par leurs mains vos cendres dispersées
Errer au gré du vent, de vos urnes chassées !

                     Poéme des *Sépultures.*

Aux murs de Saint-Denis, dans cette église antique
Qui montre au loin ses tours et son clocher gothique,
Vingt rois dormaient en paix dans le même cercueil.
La Gloire, en ce séjour de splendeur et de deuil,
Souriait, sur le marbre, à leurs ombres royales,
Et des règnes passés retraçait les annales.
Hélas ! que reste-t-il de tous ces monumens
Consacrés par les arts et respectés des ans ?
Turenne, Duguesclin, vos ombres désolées
Désertent, en pleurant, ces pompeux mausolées ;
Et vos rois, exhumés par la main des bourreaux,
Sont descendus deux fois dans la nuit des tombeaux.

        M. MICHAUD, *Printemps d'un Proscrit,* ch. II.

famille lui avait fait ériger, et qu'ils eurent ouvert le
cercueil ! Turenne fut trouvé dans un état de conservation tel, qu'il n'était point déformé, et que les traits de
son visage n'étaient point altérés. Les spectateurs surpris
admirèrent dans ces restes glacés le vainqueur de Turkeim ; et, oubliant le coup mortel dont il fut frappé à
Saltzbach, chacun d'eux crut voir son âme s'agiter encore
pour défendre les droits de la France. Chacun voulut
avoir une partie de ses précieuses dépouilles. Le fameux
Camille Desmoulins lui coupa le petit doigt de la main
droite. Ainsi les malheureux restes de Turenne furent
également victimes de l'admiration et de la fureur de
ces hommes pour qui rien n'était sacré.

> Sous ces caveaux dont les ténèbres
> Cachent des destins si brillans,
> De la mort les anges funèbres
> Veillaient en vain depuis mille ans ;
> Le cercueil n'a plus de mystères ;
> L'abri des mânes solitaires
> De toutes parts est assiégé ;
> Spectacle affreux ! les tombes s'ouvrent,
> Et les os des rois se découvrent
> Aux regards du ciel outragé.
>
> Du sein des tombes renversées,
> Qu'on roule sans ordre et sans choix,
> Tout à coup sortent courroucées
> Les ombres de soixante rois.
> Le fier Pépin à la lumière
> Reparaît, chargé de poussière,
> Avec le premier des Capets ;
> Et, craignant la guerre civile,
> Les Valois de leur sombre asile
> egretont quitté la paix.
>   FONTANES.

« Ce corps nullement flétri, et parfaitement conforme
aux portraits et médaillons que nous possédons de ce
grand capitaine, était en état de momie sèche et de couleur de bistre clair. Sur différentes observations, il fut
remis au nommé Host, gardien du lieu, qui conserva
cette momie dans une boîte de bois de chêne, et la déposa dans la petite sacristie de l'église où il l'exposa,
pendant plus de huit mois, aux regards des curieux; et
ce ne fut qu'à cette dernière époque qu'il passa au Jardin
des Plantes, à la sollicitation de M. Desfontaines, pro-
fesseur et membre de ce bel établissement.

« Le 24 germinal an VII (14 avril 1799), le direc-
toire exécutif arrêta que les restes de Turenne seraient
transportés dans le Musée des monumens français, et
qu'ils seraient déposés dans un sarcophage placé dans
le jardin de cet établissement. Le premier vendémiaire
an IX (23 novembre 1799), conformément à l'arrêté
des consuls, le corps de Turenne fut transporté en
grande pompe dans l'église des Invalides, qu'on nommait alors *Temple de Mars*, où il fut de suite placé
dans l'intérieur du monument qui lui avait été érigé à
Saint-Denis, et que l'on avait transporté du Musée des
monumens français, où il avait été préservé de la destruction [1].

« On a ouvert le caveau des Bourbons du côté des

« (1) En 1779, le porte-clef du trésor dit à un écrivain célèbre,
en lui montrant la chapelle de Turenne : « Sur ce marbre noir
» était une inscription à la gloire du maréchal ; mais la jalousie de
» Louis XIV la fit effacer. » L'écrivain répondit : « Mânes de
» Louis-le-Grand, vous êtes à dix pas de l'homme qui tient ce dis-
» cours ; il doit percer votre tombe ; et c'est ainsi que la vérité
» viendra s'asseoir près du cercueil de tous les rois. »

chapelles souterraines, et on a commencé par en tirer le cercueil de Henri IV, mort en 1610, âgé de 57 ans, ainsi que l'annonçait la plaque de cuivre posée sur son cercueil.

« Le corps de ce prince s'est trouvé dans une telle conservation, que les traits de son visage n'étaient point altérés [1]. Il fut déposé dans le passage des chapelles basses, enveloppé dans son suaire, qui était également bien conservé. Henri IV fut placé debout sur une pierre, et livré ainsi aux insultes d'une multitude furieuse. Une femme s'avança vers lui, et, lui reprochant le crime irrémissible d'avoir été roi, lui donna un soufflet, et le fit tomber par terre. Soit que les militaires aient dans le caractère plus de générosité, soit qu'ils ne considérassent Henri IV que comme un grand capitaine, ils ne partagèrent point en cette occasion la fureur de la populace; un soldat, qui était présent, mû par un martial enthousiasme, au moment de l'ouverture du cercueil, se précipita sur le cadavre du vainqueur de la Ligue; et, après

(1) Quelques auteurs ont prétendu qu'on profita de cette circonstance pour avoir le *plâtre* exact du

« Seul roi dont le peuple ait gardé le souvenir! »

mais d'autres assurent que ce *masque* fut moulé en 1610, sur la figure du monarque, quelques heures après sa mort. On peut consulter, à ce sujet, l'ouvrage intitulé *Henri IV peint par lui-même*, qui se vend chez M. Panckoucke, imprimeur de cet ouvrage. Il renferme des détails curieux sur la vie publique et privée du Béarnais, et l'on y verra la gravure de ce *masque*, dessiné avec la plus grande fidélité par M. Lafitte. Le masque original est conservé religieusement dans le palais des Beaux-Arts, à Paris, et l'on y remarque encore des cils et des cheveux du Bon Henri, qui y sont restés attachés.

un long silence d'admiration, il tira son sabre, lui coupa une longue mèche de sa barbe qui était encore fraîche, et s'écria en même temps, en termes énergiques et vraiment militaires : *Et moi aussi je suis soldat français ! désormais je n'aurai pas d'autre moustache.* En plaçant cette mèche précieuse sur sa lèvre supérieure : *Maintenant je suis sûr de vaincre les ennemis de la France, et je marche à la victoire.* Il se retira.

« Chacun eut la liberté de le voir jusqu'au lundi matin 14, qu'on le porta dans le chœur, au bas des marches du sanctuaire, où il est resté jusqu'à deux heures aprè midi, et il fut transporté de là dans le cimetière dit *de Valois*, ensuite dans une grande fosse creusée dans le bas, à droite du côté du nord. Ce cadavre, considéré comme une momie sèche, avait le crâne scié, et contenait à la place de la cervelle, qui en avait été ôtée, de l'étoupe enduite d'une liqueur extraite d'aromates, qui répandait encore une odeur tellement forte, qu'il était presque impossible de la supporter [1].

(1) Voici les beaux vers que cette violation de la cendre du meilleur des rois a inspirés à la muse de madame de Vannoz : le lecteur admirera le talent de cette dame, mais il regrettera toutefois que, dans l'enthousiasme de la composition, elle ait rendu le peuple français responsable du crime de quelques hommes.

. . . . De Henri le corps est dévoilé.

. . . .

O prodige ! la mort laisse à ce front livide
L'empreinte de la gloire et de la majesté.
Pour épargner ses traits le temps s'est arrêté ;
Il osa le frapper, mais non pas le détruire...

. . . .

J'ai vu les scélérats, tremblans à son aspect,

On continua l'extraction des autres cercueils des Bourbons ; savoir, de Louis XIII, mort en 1643, âgé de qua-

Frémir et s'arrêter, remplis d'un saint respect ;
Mais bientôt rappelant leur audace première,
Par l'outrage et l'insulte aggravant leur fureur,
Ses ossemens traînés, souillés par la poussière...
O des trônes mortels maître et dispensateur !
Des monarques parfaits si ta main est avare,
Si les jours fortunés que leur règne produit
Semblent de courts éclairs dans la profonde nuit,
Devais-tu de tels rois à ce peuple barbare ?
C'est donc là ce Henri, fameux par sa bonté,
Qui nourrit de sa main son peuple révolté,
Et qui, forcé de vaincre, en pleurant sa victoire,
Sut, par tant de bienfaits, expier tant de gloire !
C'est lui : deux fois puni pour un règne si beau,
Vivant on l'assassine, on l'outrage au tombeau.

Madame de VANNOZ.

Cependant leur rage trompée
N'en a que plus d'acharnement :
Par leurs cris la voûte frappée
Pousse un affreux mugissement.
Dieu ! quels outrages ils vomissent !
Des Bourbons les mânes gémissent,
En proie à de nouveaux forfaits ;
O toi, l'amour de ma patrie,
Cher Henri ! ce peuple en furie
N'a pas fait grâce à tes bienfaits.

Souvent cette enceinte sacrée
Entendit les Français en pleurs
Appeler ton ombre adorée,
Et l'invoquer dans leurs malheurs ;
Oh ! qu'ils sont différens d'eux-mêmes !
Ils chargent ton nom de blasphêmes,

rante-deux ans ; de Louis XIV, mort en 1715, âgé de
soixante-dix-sept ans [1] ; de Marie de Médicis, seconde

> Ils jurent de haïr ton sang ;
> Et le noir démon qui les guide
> Rend hommage au fer homicide
> Dont Ravaillac perça ton flanc.
>
> FONTANES.

(1) Ce monarque si fier, si grand par ses conquêtes,
Qui fut de cet empire et l'orgueil et l'appui,
Qui força l'univers à trembler devant lui,
Dont la voix appela tous les arts à ses fêtes,
Louis, le grand Louis, frappé par des brigands,
Tombe enfin sous le seuil de ces funèbres voûtes.
Du haut de ces degrés ses mânes triomphans
Des antres de la mort semblaient garder les routes :
C'est là qu'il fut frappé, là qu'un peuple insolent
Déchira ses lauriers sur son front éclatant :
Le sceptre avec effort quitta sa main livide.
Mais que peut contre lui *ce peuple régicide* (1) ?
Tout brillant de clartés son règne glorieux
Jette encor son éclat sur notre âge envieux :
A son cercueil détruit ses monumens survivent,
Et montrent sa grandeur aux siècles qui le suivent.

> Madame de VANNOZ.

..... Mais que veut ce concours et ce peuple en furie ?
O forfait exécrable ! ô honte ! ô barbarie !
Du vengeur de l'état (*Turenne*) le repos est troublé,
Ses honneurs sont détruits, son cercueil violé !

(1) Un peuple ne saurait être justement appelé *régicide*, et cette
épithète convenait moins encore à la nation française, innocente
de la mort de Louis XVI, et qui n'en a jamais accepté la res-
ponsabilité.

femme de Henri ɪᴠ, morte en 1642, âgée de soixante-huit ans; d'Anne d'Autriche, femme de Louis xɪɪɪ, morte en 1666, âgée de soixante-quatre ans; de Marie-Thérèse, infante d'Espagne, épouse de Louis xɪᴠ:

Sans respect du lieu saint, des ombres sépulcrales,
On arrache à la mort ces dépouilles royales;
On brise leur couronne, on ouvre leurs tombeaux;
De sacriléges mains dispersent leurs lambeaux.
En vain le grand Louis, paré par la victoire,
Repose environné des rayons de sa gloire;
Le hasard, le premier, le présente à leurs coups,
Barbares, contre lui, que peut votre courroux?
L'orgueil de vos cités, ses siéges, ses batailles,
Les palmes de Denain, les lauriers de Marsailles,
Ces arts, d'un doux loisir nobles amusemens,
Vos ports, vos arsenaux, voilà ses monumens!
Et, contre tous ces rois que votre espoir dévore,
De son débris royal vous vous armez encore!

DELILLE, *Imagination*, ch. VII.

Ciel! que tes foudres retentissent!
Frappe, ô Ciel! des monstres ravissent
Le grand Louis à son cercueil!

La mort n'a point fait disparaître
Son noble front, son air altier;
Un moment il sembla renaître,
Avec son siècle tout entier.
Autour de l'ombre souveraine,
Se rassemblaient Condé, Turenne,
Bossuet, Corneille et Louvois,
Et devant l'illustre cortége
La multitude sacrilége
Pâlit, et s'arrêta trois fois.

FONTANES.

morte en 1688, âgée de quarante-cinq ans ; de Louis, dauphin, fils de Louis XIV, mort en 1711, âgé de cinquante ans.

« Quelques-uns de ces corps étaient bien conservés, surtout celui de Louis XIII ; Louis XIV l'était aussi, mais sa peau était noire comme de l'encre. Les autres corps, et surtout celui du grand dauphin, étaient en putréfaction liquide.

« De Marie, princesse de Pologne, épouse de Louis XV, morte en 1768, âgée de soixante-cinq ans ;

« De Marie-Anne-Christine-Victoire de Bavière, épouse de Louis, grand dauphin, fils de Louis XIV, morte en 1690, âgée de trente ans ;

« De Louis, duc de Bourgogne, fils de Louis, grand dauphin, mort en 1712, âgé de trente ans ;

« De Marie-Adélaïde de Savoie, épouse de Louis, duc du Bourgogne, morte en 1712, âgée de vingt-six ans ;

De Louis, duc de Bretagne, premier fils de Louis, duc de Bourgogne, âgé de neuf mois dix-neuf jours ;

De Louis, duc de Bretagne, second fils de Louis, duc de Bourgogne, mort en 1712, âgée de six ans ;

« De Marie-Thérèse, infante d'Espagne, première femme de Louis, dauphin, fils de Louis XV, morte en 1746, âgée de vingt ans :

« De Xavier de France, duc d'Aquitaine, fils de Louis, dauphin, mort le 22 février 1754, âgé de cinq mois et demi ;

« De Marie-Zéphirine de France, fille de Louis, dauphin, morte le 22 septembre 1755, âgée de cinq ans ;

« De Marie-Thérèse de France, fille de Louis, dauphin, et de Marie-Thérèse d'Espagne, sa première épouse, morte le 27 avril 1748, âgée de vingt-un ans ;

« De (*mort avant d'être nommé*) duc d'Anjou, fils de Louis, mort le 7 avril 1733, âgé de deux ans sept mois trois jours.

« On a aussi retiré du caveau les cœurs de Louis, dauphin, fils de Louis xv, mort à Fontainebleau le 20 décembre 1765, et de Marie-Josèphe de Savoie son épouse, morte le 13 mars 1767.

« Le plomb, en figure de cœur, a été mis de côté, et ce qu'il contenait a été porté au cimetière avec tous les cadavres des Bourbons. Les cœurs de plomb étaient couverts de vermeil ou d'argent : les couronnes ont été déposées à la municipalité, et le plomb remis au commissaire du gouvernement, nommé *commissaire aux accaparemens.*

« Ensuite on alla prendre les autres cercueils, à mesure qu'ils se présentaient, dans le caveau de droite et de gauche ; le premier fut celui d'Anne-Henriette de France, fille de Louis xv, morte le 10 février 1752, âgée vingt-quatre- ans cinq mois vingt-sept jours ;

« De Louise-Marie de France, fille de Louis xv, morte le 19 février 1733, âgée de quatre ans et demi ;

« De Louise-Elisabeth de France, fille de Louis xv, morte le 6 décembre 1759, âgée de trente-deux ans trois mois vingt-deux jours ;

« De Louis-Joseph-Xavier de France, duc de Bourgogne, fils de Louis, dauphin et frère de Louis xvi, mort le 22 mars 1761, âgé de neuf ans et demi ;

« De (*mort avant d'être nommé*) duc d'Orléans, second fils d'Henri iv, mort en 1611, âgé de quatre ans ;

« De Marie de Bourbon de Montpensier, première femme de Gaston, morte en 1627, âgée de vingt-deux ans ;

« De Gaston Jean-Baptiste, duc d'Orléans, fils de Henri IV, mort en 1660, âgé de cinquante-deux ans ;

« D'Anne-Marie-Louise d'Orléans, duchesse de Montpensier, fille de Gaston et de Marie de Bourbon, morte en 1693, âgée de soixante-six ans ;

« De Marguerite de Lorraine, seconde femme de Gaston, morte le 3 avril 1762, âgée de cinquante-neuf ans,

« De Jean-Gaston d'Orléans, fils de Gaston-Jean-Baptiste et de Marguerite de Lorraine, mort le 10 août 1652, âgée de deux ans ;

« De Marie-Anne d'Orléans, fille de Gaston et de Marguerite de Lorraine, morte le 17 août 1756, à l'âge de quatre ans.

« L'extraction des cercueils, faite dans la journée du mardi 15 octobre, n'offrit rien de remarquable : la plupart des corps étaient en putréfaction ; il en sortait une vapeur noire et épaisse, d'une odeur infecte que l'on chassait à force de vinaigre et de poudre à tirer que l'on brûlait alternativement ; ce qui n'empêcha pas les ouvriers de gagner des diarrhées et des fièvres qui heureusement n'eurent point de suites fâcheuses.

« Mercredi 16, on continua l'extraction des corps et cercueils du caveau des Bourbons, et l'on commença par celui de Henriette-Marie de France, fille de Henri IV, épouse de Charles Ier, roi d'Angleterre, morte en 1669, âgée de soixante ans. [1].

(1) Et toi, toi de Stuart épouse infortunée,
  Par de si grands revers en ces lieux ramenée,
  Ton ombre, à Saint-Denis, crut retrouver la paix.
  Malheureuse Henriette ! Ah ! les mêmes forfaits
  Du trône et du tombeau tour à tour t'ont bannie.
  Par l'affreux régicide en France poursuivie,

« De Henriette Stuart, fille de Charles 1er, roi d'Angleterre, première femme de Monsieur, frère de Louis xiv,
morte en 1670, âgée de vingt-six ans ;

« De Philippe d'Orléans, dit *Monsieur*, frère unique
de Louis xiv, mort en 1701, âgé de soixante-un ans;

« D'Elisabeth-Charlotte de Bavière, seconde épouse
de *Monsieur*, morte en 1722, âgée de soixante-dix ans ;

Tu reconnais ton sort, tu revois tes bourreaux,
Et *deux peuples* (1), souillés par des crimes égaux ,
Ont profané ta cendre, ont tourmenté ta vie (2).

Madame de VANNOZ.

Quelles sont ces deux pâles ombres
Qui viennent, les cheveux épais,
Pleurer sur les tristes décombres
Et des Bourbons et des Stuarts !
C'est Henriette, c'est sa mère!
Elles ont connu la chimère
Des rangs, des noms, de la beauté,
Et le bruit d'un trône qui tombe
Redit encor , près de leur tombe,
Qu'ici bas tout est vanité.

FONTANES.

(1) Voyez la note de la page 38.

(2) On doit ajouter une remarque à ce rapprochement assez frap-
ant de deux révolutions qui ont chassé la fille de Henri IV,
reine d'Angleterre, de son trône, et ont amené la destruction du
tombeau qu'elle était revenue chercher dans sa patrie ; c'est que
cette destruction a précisément eu lieu le 16 octobre 1793. On
exhumait la femme et la fille du malheureux Charles I, le jour
même, et pendant que la malheureuse reine de France marchait à
l'échafaud.

« De Charles de France, duc de Berri, petit-fils de
Louis XIV, mort en 1714, âgé de vingt-huit ans;

« De Marie-Louise-Elisabeth d'Orléans, fille du duc
régent du royaume, épouse de Charles, duc de Berri,
morte en 1719, âgée de vingt-quatre ans;

« De Philippe d'Orléans, petit-fils de France, régent
du royaume sous la minorité de Louis XV, mort le 2
décembre 1723, âgé de quarante-neuf ans;

¹ D'Anne-Elisabeth de France, fille aînée de Louis XIV,
morte le 30 décembre 1662, qui n'a vécu que quarante-
deux jours;

« De Marie-Anne de France, seconde fille de Louis XIV,
morte le 26 décembre 1664, âgée de quatre ans un jour;

« De Philippe, duc d'Anjou, fils de Louis XIV, mort
le 10 juillet 1671, âgé de trois ans;

« De Louis-François de France, duc d'Anjou, frère
du précédent, mort le 4 novembre 1672, qui n'a vécu
que quatre mois dix-sept jours;

« De Marie-Thérèse de France, troisième fille de Louis
XIV, morte le premier mars 1672, âgée de cinq ans;

« De Philippe-Charles d'Orléans, fils de *Monsieur*,
mort le 8 décembre 1666, âgé de deux ans cinq mois;

« De (*morte avant d'être nommée*) d'Orléans, fille
de *Monsieur*, morte après sa naissance;

« De Sophie de France, tante du roi Louis XVI, et
sixième fille de Louis XV, morte en 1782, âgée de qua-
rante-sept ans sept mois et quatre jours;

« De (*morte avant d'être nommée*) de France, dite
d'Angoulême, fille du comte d'Artois, morte le 23 juin
1783, âgée de cinq mois et seize jours;

« De (*morte avant d'être nommée*), Mademoiselle, fille
du comte d'Artois, morte le 5 décembre 1783, âgée de
sept ans quatre mois et un jour;

« De Sophie-Hélène de France, fille de Louis XVI, morte le 19 juin 1787, âgée de onze mois dix jours ;

« De Louis-Joseph-Xavier, dauphin, fils de Louis XVI, mort à Meudon le 4 juin 1789, âgé de sept ans sept mois et treize jours.

« Suite du mercredi 16 octobre 1793.

« Vers les deux heures, avant le dîner des ouvriers, on enleva le cercueil de Louis XV, mort le 10 mai 1774, âgé de soixante-quatre ans. Il était à l'entrée du caveau, sur les marches mêmes, un peu de côté, à main droite en entrant, dans une espèce de niche pratiquée dans l'épaisseur du mur ; c'était là où restait déposé le corps du dernier roi mort. On ne l'ouvrit, par précaution, que dans le cimetière sur le bord de la fosse. Ce corps, retiré du cercueil de plomb, bien enveloppé de langes et de bandelettes, était tout entier, frais et bien conservé ; la peau était blanche, le nez violet et les fesses rouges comme celles d'un enfant nouveau né, et nageant dans une eau abondante formée par la dissolution du sel marin dont on l'avait enduit, n'ayant pas été embaumé suivant l'usage ordinaire [1]. On jeta de suite le corps dans la fosse où l'on avait préparé un lit de chaux vive, puis on le couvrit d'une couche de la même chaux, et de terre par dessus.

« Les entrailles des princes et princesses étaient aussi

----

[1] M. Michaud, dans les notes de son poème du *Printemps d'un Proscrit*, dit tout le contraire de ce qu'avance ici M. Lenoir. Il assure que « le corps de Louis XV, retiré du cercueil de plomb, ne conservait plus aucune forme. » Et ce récit est plus conforme aux précautions qu'on prit pour l'ouvrir, et à celles que l'on sait avoir été mises en usage lors du transport du corps de ce monarque à Saint-Denis.

dans ce caveau, dans des seaux de plomb déposés sous
les tréteaux de fer qui portaient les cercueils : on les
porta dans le cimetière, et on en retira les entrailles qu'on
jeta dans la fosse commune avec les cadavres ; les seaux
de plomb furent mis de côté pour être portés, comme
tout le reste, à la fonderie qu'on venait d'établir dans
le cimetière même pour fondre le plomb à mesure que
l'on en découvrait.

« Vers les trois heures après midi on a ouvert, dans
la chapelle dite *des Charles*, le caveau de Charles v,
mort en 1380, âgé de quarante-deux ans, et celui de
Jeanne de Bourbon, son épouse, morte en 1378, âgée de
quarante ans.

« Charles de France, enfant, mort en 1386, âgé de
trois ans, était inhumé aux pieds du roi Charles v, son
aïeul. Ses petits os, tout-à-fait desséchés, étaient dans
un petit cercueil de plomb ; sa tombe de cuivre était
sous le marche-pied de l'autel ; elle a été enlevée et
fondue.

« Isabelle de France, fille de Charles v, morte quelques jours après sa mère, Jeanne de Bourbon, en 1378,
âgée de cinq ans, et Jeanne de France, sa sœur, morte
en 1366, âgée de six mois quatorze jours, étaient inhu-
mées dans la même chapelle à côté de leurs père et
mère. On ne trouva que leurs ossemens sans cercueil de
plomb, et quelques restes de planches pourries.

« On a retiré du cercueil de Charles v une couronne de
vermeil bien conservée, une main de justice d'argent et
un sceptre en vermeil, portant environ un mètre deux
tiers (cinq pieds), et surmonté d'un bouquet en feuillage, au milieu duquel s'élevait une grappe de corymbe ;
ce qui lui donne à peu près la forme d'un thyrse, tel

qu'on en voit dans Montfaucon, article des *sceptres*. Ce morceau d'orfévrerie, assez bien travaillé pour son époque, avait conservé tout son éclat.

« Dans le cercueil de Jeanne de Bourbon, sa femme, on a découvert un reste de couronne, son anneau d'or, des débris de bracelets ou chaînons, un fuseau ou quenouille de bois doré à demi pourri ; des souliers de forme pointue, assez semblables à ceux connus sous le nom de souliers *à la poulaine*. Ils étaient en partie consumés, et laissaient voir encore les broderies en or et en argent dont on les avait ornés.

« Jeudi, 17 octobre 1793, à sept heures du matin, on a fouillé dans le tombeau de Charles VI, mort en 1422, âgé de cinquante-quatre ans, et dans celui d'Isabeau de Bavière, sa femme, morte en 1435 : on n'a trouvé dans leurs cercueils que des ossemens desséchés ; leur caveau avait été enfoncé lors de la démolition du mois d'août, même année. On retira ce qu'il y avait de plus précieux dans les cercueils.

« Les corps de Charles V et de Jeanne de Bourbon, sa femme, de Charles VI et d'Isabeau de Bavière, sa femme, de Charles VII et de Marie d'Anjou, sa femme, retirés de leurs cercueils, ont été portés dans la fosse des Bourbons, qui fut recouverte immédiatement après, et on en ouvrit une autre à la gauche de celle-ci, dans laquelle on déposa de suite tous les autres corps trouvés dans l'église.

« Le tombeau de Charles VII, mort en 1461, âgé de cinquante-neuf ans, et celui de Marie d'Anjou, sa femme, morte en 1463, avaient été aussi enfoncés et pillés ; on n'a trouvé dans leurs cercueils qu'un reste de couronne et de sceptre d'argent doré.

3

« Le même jour 17 octobre, vers quatre heures du
soir, dans la chapelle de Saint-Hippolyte, on a fait l'extraction de deux cercueils; savoir : celui de Blanche de
Navarre, seconde femme de Philippe de Valois, morte
en 1398, et de Jeanne de France, leur fille, morte en
1371, âgée de vingt ans. On n'a pas trouvé la tête de
cette dernière.

« On fit ensuite l'ouverture du caveau de Henri II,
qui était fort petit ; on en retira d'abord deux cœurs ;
l'un était fort gros, et l'autre plus petit : comme ils
n'étaient revêtus d'aucune inscription, on ignore de quels
personnages ils viennent. Quatre cercueils en furent aussi
retirés : celui de Marguerite de France, fille de Henri II,
première femme de Henri IV, morte le 27 mai 1615, âgée
de soixante-deux ans; de François, duc d'Alençon, quatrième fils de Henri II, qui a régné un an et demi, mort
le 5 décembre 1560, âgé de dix-sept ans; de Marie-Elisabeth de France, fille de Charles IX, morte le 2 avril
1578, âgée de six ans.

« On ouvrit, avant la nuit, le caveau de Charles VIII,
mort en 1498, âgé de vingt-huit ans. Son cercueil de
plomb était posé sur des tréteaux ou barres de fer, comme
ceux des autres princes; on n'y trouva que des os presque desséchés.

« Vendredi 18 octobre, vers les sept heures du matin,
on continua le travail commencé la veille, et on retira
quatre grands cercueils; savoir : celui de Henri II, mort
le 10 juillet 1559, âgé de quarante ans et quelques mois;
de Catherine de Médicis, femme de Henri II, morte le
5 janvier 1589, âgée de soixante-dix ans; de Henri III,
mort le 2 août 1589, âgé de trente-huit ans; celui de
Louis d'Orléans, second fils de Henri II, mort au ber-

ccau; de Jeanne de France et de Victoire de France, ses filles, toutes deux mortes en bas âge.

Ces cercueils étaient placés les uns sur les autres sur trois lignes; au premier rang, à main gauche en entrant, on voyait ceux de Henri II, de Catherine de Médicis et de Louis d'Orléans, leur second fils: celui de Henri II était posé sur deux barres de fer, et les deux autres cercueils étaient placés sur celui de Henri leur père.

« Au second rang, au milieu du caveau, étaient quatre autres cercueils placés les uns sur les autres, et les deux cœurs dont j'ai parlé ci-dessus.

« Au troisième rang, à main droite, du côté du chœur, se trouvaient quatre cercueils; savoir: celui de Charles IX, posé sur deux barres de fer, qui portaient également un cercueil beaucoup plus grand, renfermant le corps de Henri III, et les deux autres plus petits et précités. Dessous les barres ou tréteaux de fer, sur lesquels reposait cette famille, on trouva quantité d'ossemens que l'on présume avoir été déposés en cet endroit, lorsqu'en 1619 on fit les fouilles nécessaires à la construction du nouveau caveau des Valois; car, précédemment à cette époque, ils avaient une chapelle sépulcrale particulière, bâtie par Philibert de Lorme, et au milieu de laquelle était placé le tombeau de Henri II, que j'ai depuis transporté dans le Musée.

« Le même jour 18 octobre, les ouvriers firent l'ouverture du caveau de Louis XII, mort en 1515, âgé de cinquante-trois ans; d'Anne de Bretagne, son épouse, et veuve de Charles VIII, morte en 1514, âgée de trente-sept ans. On a trouvé sur leurs cercueils de plomb deux couronnes de cuivre doré.

« Dans le chœur, sous la croisée septentrionale, on ouvrit de suite le tombeau de Jeanne de France, reine

de Navarre, fille de Louis x, dit *le Hutin*, morte en
1349, âgée de trente-huit ans; elle était enterrée aux
pieds de son père en pleine terre. Une pierre creusée dans
la masse, tapissée intérieurement de lames de plomb,
et recouverte d'une autre pierre plate, renfermait ses
ossemens : l'usage des cercueils de plomb n'était pas encore introduit à cette époque. On n'a rien trouvé dans
ce cercueil qu'une couronne de cuivre doré.

« Louis x, dit *le Hutin*, n'avait pas non plus de caveau,
ni de cercueil de plomb : une pierre creusée en forme
d'auge, aussi tapissée de lames de plomb, renfermait ses
ossemens desséchés, avec un reste de sceptre et un reste
de couronne de cuivre rongés par la rouille. Il était mort
en 1310, âgé de près de vingt-sept ans. Le petit roi Jean,
son fils *posthume*, qui n'a vécu que huit jours, était à
côté de son père dans une petite tombe de pierre revêtue
de plomb [1].

« Près du tombeau de Louis x était enterré, dans un
simple cercueil de pierre, Hugues, *le Grand*, comte de
Paris, mort en 956, père de Hugues Capet, chef de la
race capétienne. On n'a trouvé que des os presque réduits en poussière.

« On découvrit ensuite au milieu du chœur la fosse de
Charles-le-Chauve, mort en 877, âgé de cinquante-quatre
ans. Une auge en pierre, enfoncée bien avant dans la

---

(1) Mais rien ne les fléchit : digne objet de courroux,
La tombe d'un enfant attire aussi leurs coups !
Monarque d'un instant, hélas ! sa sépulture
Est tout ce qu'il obtint de sa grandeur future ;
Enfant, il échangea, sans connaître son sort,
Les langes du berceau contre ceux de la mort.

       Madame de VANNOZ.

terre, renfermait un petit coffre de plomb où étaient les restes de ses cendres.

« Samedi 19 octobre 1793, la sépulture de Philippe, comte de Boulogne, fils de Philippe-Auguste, mort en 1233, n'a rien présenté de remarquable, sinon la place de la tête du prince, creusée dans le cercueil de pierre qui renfermait ses ossemens. Même observation pour celui du roi Dagobert.

« La tombe de pierre, toujours en forme d'auge, d'Alphonse, comte de Poitiers, frère de saint Louis, mort en 1271, ne contenait plus que des cendres ; cependant ses cheveux étaient bien conservés : le dessus de la pierre qui couvrait le cercueil était taché, coloré et veiné de jaune et de blanc, comme s'il eût été de marbre. On suppose que ce sont les émanations putrides de la décomposition du cadavre qui ont nuancé cette tombe.

« Le corps de Philippe-Auguste, mort en 1223, était entièrement consumé : la pierre, taillée en dos d'âne, qui couvrait le cercueil de pierre, était arrondie du côté de la tête.

« Le corps de Louis VIII, père de saint Louis, mort le 8 novembre 1226, âgé de quarante ans, s'est trouvé aussi presque consumé : sur la pierre qui couvrait son cercueil était sculptée une croix en demi-relief. On n'a trouvé qu'un reste de sceptre de bois pourri et son diadème, qui n'était qu'une bande d'étoffe tissue en or, avec une grande calotte d'une étoffe satinée assez bien conservée : le corps avait été enveloppé dans un drap ou suaire tissu en or ; il s'en trouva encore des morceaux intacts. Son corps, ainsi enseveli, avait été recouvert et cousu dans un cuir fort épais, qui avait toute son élasticité. Ce fut

le seul corps, parmi ceux exhumés à Saint-Denis, qui
fut trouvé enveloppé de cuir. Dans les fouilles de Saint-
Germain-des-Prés, je trouvai un corps également enfermé dans un cuir. L'usage d'envelopper les morts dans
un cuir est fort ancien. En Colchide on enterrait seulement les femmes ; on enveloppait les hommes dans une
peau de bœuf, et on les appendait à des arbres par de
grosses chaînes (*Voyez le poëme des Argonautes* par
Apollonius). Le plomb laminé n'était pas connu à cette
époque, et il est probable qu'on a ainsi enveloppé le
corps de Louis vii pour le préserver de la putréfaction
dans le transport qu'on en fit de Montpensier en Auvergne
à son retour de la guerre contre les Albigeois.

« On fouilla vainement au milieu du chœur, sous une
tombe de cuivre tenant au premier degré du sanctuaire,
pour trouver le corps de Marguerite de Provence, femme
de saint Louis, morte en 1295. Cependant on découvrit,
à gauche de la place qui était recouverte par la tombe
de cuivre qui jadis couvrait cette princesse, une auge de
pierre remplie de terre et de gravois, parmi lesquels se
trouvèrent une rotule et deux petits os qui probablement
venaient de son squelette, qui fut déplacé à la suite des
travaux faits antérieurement à ceux dont je parle. Le
caveau de Marie de France, fille de Charles iv, dit *le
Bel,* morte en 1341, et de Blanche, sa sœur, duchesse
d'Orléans, morte en 1392, placé dans la chapelle de
Notre-Dame-la-Blanche, était rempli de décombres, sans
corps et sans cercueils.

« En continuant les fouilles dans le chœur, on a trouvé,
à côté du tombeau de Louis viii, celui dans lequel on
avait déposé les ossemens de saint Louis, mort en 1220.
Il était plus court et moins large que les autres ; ses os

en furent retirés lors de la canonisation qui eut lieu en
1297 [1].

« Après avoir décarrelé le haut du chœur pour faire la
recherche des autres cercueils cachés en terre, on trouva
celui de Philippe-le-Bel, mort en 1314, âgé de quarante-
six ans; il était de pierre, recouvert d'une large et forte
dale. Il n'y avait point d'autre cercueil que la pierre
creusée en forme d'auge, les parois de cette auge, plus
large à la tête qu'aux extrémités, étaient tapissées de
plomb dans leur intérieur, et une forte et large lame de
plomb scellée dans les barres de fer fermait la totalité
du tombeau.

(1) Mais déjà des bourreaux le bras lassé de crimes
   Semblait chercher en vain d'autres grandes victimes.
   L'impiété leur offre un triomphe nouveau ;
   On court, on va briser le cénotaphe auguste
   Du vertueux Louis, du roi pieux et juste
   Que l'univers jadis proclamait à la fois
   Saint parmi les mortels et grand parmi les rois.
   Ils y cherchent en vain sa dépouille sacrée :
   Confiée aux autels, et dans Rome adorée,
   Sa cendre du tombeau n'a pas senti le poids.
                                   Madame de VANNOZ.

       Respecte au moins, peuple infidèle,
       Tes plus intrépides soutiens,
       Ce Louis qui fut le modèle
       Et des héros et des chrétiens.
       Ses lois sont celles d'un grand homme ;
       Pieux, il sut contenir Rome ;
       L'Anglais par lui fut abattu :
       Memphis l'admira dans les chaînes,
       Et les ombrages de Vincennes
       Parlent encor de sa vertu.
                                   FONTANES.

« Le squelette était tout entier : on trouva un anneau
d'or, un reste de diadème d'étoffe tissue en or, et un
sceptre de cuivre doré, d'un mètre deux tiers (cinq
pieds) de long, et terminé par une touffe de feuillage,
sur laquelle était un oiseau aussi de cuivre, colorié de
ses couleurs naturelles, et qui paraissait être un char-
donneret si l'on en juge par sa forme et les couleurs dont
on l'avait chargé, et assez semblable à celui que nous
a donné Montfaucon dans sa *Monarchie française.*

« Le soir, à la lueur des flambeaux, les ouvriers firent
l'ouverture du tombeau en pierre du roi Dagobert, mort
en 638, après avoir cassé la statue qui fermait l'entrée
du sarcophage faite en lumachelle de Bourgogne, que l'on
avait creusée pour recevoir la tête qui était séparée du
corps. On a trouvé un coffre de bois d'environ deux
tiers de mètre (deux pieds) de long, garni de plomb
dans son intérieur, qui renfermait les ossemens de ce
prince et ceux de Nanthilde sa femme, morte en 642. Ces
ossemens étaient enveloppés d'une étoffe de soie, et les
corps séparés par une planche intermédiaire qui parta-
geait le coffre en deux parties. Sur un côté de ce coffre
était une plaque de plomb avec cette inscription :

Hic jacet corpus Dagoberti.

« Sur l'autre côté, une autre lame de plomb chargée
de celle-ci :

Hic jacet corpus Nanthildis.

« On n'a point trouvé la tête de Nanthilde : il est probable qu'elle était restée dans l'endroit de leur première
sépulture, lorsque la reine Blanche, mère de Louis ix,

les en fit retirer pour les placer dans le tombeau qu'elle leur fit élever près le maître-autel.

« Dimanche 20, après avoir détaché le plomb qui tapissait le dedans du tombeau en pierre de Philippe-le-Bel, les ouvriers reprirent leurs travaux auprès de la sépulture de Louis IX : on n'y trouva qu'une auge de pierre sans couvercle, remplie de décombres, que l'on suppose avoir renfermé le corps de Jean Tristan, comte de Nevers, fils de Louis XII, mort en 1270, quelques jours avant son père, près Carthage en Afrique, et qui avait été inhumé dans cet endroit.

« Dans la chapelle, dite *des Charles*, ils retirèrent le cercueil de plomb de Bertrand Duguesclin, mort en 1380. Son squelette s'est trouvé intact, la tête bien conservée, les os tout-à-fait desséchés et très-blancs [1]. Auprès de lui était celui de Bureau de la Rivière, mort en 1400.

« Après de longues recherches, on découvrit enfin l'entrée du caveau de François Ier, mort en 1547, âgé de cinquante-deux ans [2]. Ce caveau, fort grand et très-bien voûté, contenait six corps enfermés dans des cercueils de plomb posés sur des barres de fer, savoir : celui

[1] Auprès de lui (Charles V) repose un défenseur des lis,
Duguesclin, dont le nom gagnait seul des batailles,
Dont le cercueil vainqueur s'est ouvert des murailles.
                                        Madame de VANNOZ.

[2] Arraché du cercueil par le peuple en fureur,
Je reconnais ce roi, noble amant de la gloire,
Qui, sous le poids des fers, conserva son grand cœur,
Ce roi qui, dans un jour, perdit tout, FORS L'HONNEUR.
                                        Madame de VANNOZ.

3.

de François 1er, et ceux de Louise de Savoie, sa mère, morte en 1531 ; de Claude de France, sa femme, morte en 1524, âgée de vingt-cinq ans ; de François, dauphin, mort en 1536, âgé de dix-neuf ans ; de Charles, son frère, duc d'Orléans, mort en 1545, âgé de vingt-trois ans, et celui de Charlotte, leur sœur, morte en 1524, âgée de huit ans.

« Tous ces corps étaient en pourriture et en putréfaction liquide, dont il se dégageait une odeur insupportable ; une eau noire coulait à travers les cercueils de plomb durant le transport que l'on en fit dans le cimetière. Le corps de François 1er portait une taille extraordinaire et une structure très-forte ; l'un des fémurs de ce prince, que j'ai mesuré, portait cinquante-trois centimètres (vingt pouces) des condiles à la tête de l'os.

« On reprit ensuite les fouilles vers la croisée méridionale du chœur : on y découvrit une auge ou tombe de pierre, et l'on apprit, par l'inscription dont elle était revêtue, que c'était le tombeau de Pierre de Beaucaire, chambellan de Louis IX, mort en 1270.

« Sur le soir, attenant la grille du côté du midi, on ouvrit le tombeau de Matthieu de Vendôme, abbé de Saint-Denis, et régent du royaume sous Louis IX et sous Philippe-le-Hardi ; il n'avait point de cercueil de pierre ni de plomb ; il avait été seulement mis dans un cercueil de bois, dont quelques débris avaient encore de la solidité. Le corps était entièrement consumé, et on ne trouva que le haut de sa crosse en cuivre doré, et des lambeaux d'une étoffe très-riche ; il avait été enterré, suivant l'usage des premiers siècles, vêtu de ses ornemens d'abbé. Matthieu de Vendôme mourut en 1286, le 25 septembre, au commencement du règne de Philippe-le-Bel.

« Lundi 21, au milieu de la croisée du chœur, les ouvriers levèrent le marbre qui couvrait le petit caveau où l'on avait déposé, au mois d'août 1791, les os et les cendres de six princes et d'une princesse de la famille de saint Louis, transféré en cette église de l'abbaye de Royaumont. Les cendres et les ossemens retirés de leur coffre de plomb furent portés au cimetière, dans la fosse commune, où Philippe-Auguste, Louis VIII, François 1er et toute sa famille avaient déjà été portés.

« On commença l'après-midi à fouiller dans le sanctuaire, à côté du grand autel à gauche, pour exhumer les cercueils de Philippe-le-Long, mort en 1322; de Charles IV dit *le Bel*, mort en 1328; de Jeanne d'Evreux, troisième femme de Philippe de Valois, morte en 1348, et celui du roi Jean, mort en 1564.

« Mardi 22, dans la chapelle dite *des Charles*, le long du mur de l'escalier qui monte au chevet, on trouva deux tombeaux placés l'un sur l'autre : celui de dessus, de pierre carrée, renfermait le corps d'Arnaud Guillem de Barbazan, mort en 1431, premier chambellan de Charles VIII. Celui de dessous, couvert d'une lame de plomb, contenait le corps de Louis de Sancerre, connétable de Charles VI, mort en 1402, âgé de soixante ans; sa tête était encore garnie de cheveux longs, et partagés en deux grandes tresses.

« On leva ensuite la pierre perpendiculaire qui couvrait les tombeaux en pierre de l'abbé Adam, mort en 1121; de l'abbé Suger, mort en 1152; de l'abbé Pierre d'Auteuil, mort en 1229. On ne trouva dans ces tombeaux que des ossemens réduits en poussière. Les fouilles se firent ensuite dans la chapelle dite *du Lépreux*; les ouvriers levèrent la tombe qui couvrait Sédille de Sainte-

Croix, morte en 1380, femme de Jean Pastourel, conseiller du roi Charles V : on n'y trouva que des os consumés.

« Mercredi 23 , ou reprit le matin les travaux qu'on
avait commencés la veille pour la découverte des tombeaux du sanctuaire. On trouva d'abord celui de Philippe
de Valois, de pierre dure, tapissé de plomb dans son
intérieur , et fermé par une forte lame de même métal ,
soudée sur des barres de fer , le tout recouvert d'une
grande et large pierre plate. Ce tombeau contenait une
couronne et un sceptre surmonté d'un oiseau de cuivre
doré. Plus près de l'autel , on ouvrit celui de Jeanne de
Bourgogne, première femme de Philippe de Valois, dans
lequel on trouva l'anneau d'argent que portait cette princesse, sa quenouille et son fuseau : ses ossemens étaient
desséchés.

« Jeudi suivant , à gauche de Philippe de Valois, s'est
trouvé celui de Charles-le-Bel. Ce tombeau était construit
comme celui de Philippe de Valois ; il renfermait une
couronne d'argent doré, un sceptre de cuivre doré, haut
de vingt-trois décimètres (sept pieds); un anneau d'argent, un reste de main de justice, un bâton de bois d'ébè
un oreiller de plomb, sur lequel reposait la tête du roi ;
son corps était desséché.

« Le vendredi suivant, on voulut faire l'ouverture du
tombeau de Jeanne d'Evreux, aussi de pierre ; mais on
remarqua que la tombe était brisée en trois morceaux,
et que la lame de plomb qui fermait le cercueil était
détachée. On ne trouva que des os desséchés et sans tête.

« Vers le même lieu on découvrit, dans le tombeau en
pierre de Philippe-le-Long, son squelette qui était dans
son entier, et vêtu de ses habits royaux ; sa tête était

coiffée d'une couronne d'argent doré, enrichie de pierreries; son manteau orné d'une agrafe d'or en forme de lo-
sange, et d'une autre plus petite d'argent ; une partie de sa
ceinture d'étoffe satinée, garnie d'une boucle d'argent doré,
et un sceptre de cuivre doré, furent également retirés du
sarcophage. Au pied de son cercueil était un petit caveau
qui contenait le cœur de Jeanne de Bourgogne, femme
de Philippe de Valois, enfermé dans une cassette de bois
presque pourri : l'inscription dont elle était recouverte
était gravée en cuivre.

« On ouvrit de suite le tombeau du roi Jean, mort en
Angleterre en 1364, âgé de cinquante-six ans, dans lequel il s'est trouvé une couronne, un sceptre fort élevé
dans son origine, mais brisé ; une main de justice en
argent doré, et son squelette intact.

« Quelques jours après, les ouvriers et les commissaires se transportèrent aux Carmélites pour y faire l'extraction du cercueil de madame Louise de France, fille
de Louis XV, morte le 23 décembre 1787. Ils l'apportè-
rent dans le cimetière, et déposèrent son corps, qui
était tout entier, mais en pleine putréfaction, dans la
fosse commune à gauche ; ses habits de carmélite étaient
encore conservés.

« Dans la nuit du 11 au 12 novembre suivant, par
ordre du département, en présence des commissaires du
district et de la municipalité de Saint-Denis, on fit l'en-
lèvement du trésor : tout y était intact, châsses, reliques, etc.; le tout fut mis dans de grandes caisses de
bois, ainsi que tous les riches ornemens de l'église, ca-
lices, ciboires, chapes, chasubles, etc. Le 12, à dix
heures du matin, ces objets précieux partirent en grand
appareil dans des chariots parés exprès pour la *convention nationale*.

« Le 18 janvier 1794, le tombeau de François 1er étant
démoli, il fut aisé d'ouvrir celui de Marguerite, comtesse de Flandre, morte en 1380, âgée de soixante-six
ans, qui avait été déposée dans un caveau assez bien
construit; on ouvrit son cercueil de plomb, qui était
supporté par des barres de fer : on n'y trouva que des
ossemens bien conservés et quelques restes de planches
en bois de châtaignier ; ce qui m'autorise à croire que
cette femme avait été inhumée d'abord dans un cercuei
de bois; car, comme je l'ai dit plus haut, de son temps
l'usage du plomb n'était pas encore établi, et la démolition du tombeau de François 1er ayant nécessité le dé-
placement du sien, on aura placé dans un cercueil de
plomb celui en bois qui contenait son corps. »

Ainsi se termine l'histoire de l'exhumation des monarques qui étaient rangés solennellement sous les voûtes
de l'église de Saint-Denis. Tous les corps de ces rois,
princes, princesses des trois dynasties, furent, par ordre
de la convention, jetés pêle-mêle dans deux grandes fosses
creusées en dehors vis-à-vis le portail septentrional de
l'église, au fond desquelles on avait préparé d'avance
un lit de chaux vive, afin de les détruire plus promptement et plus sûrement. Ils furent ensuite recouverts de
terre : depuis cette fatale époque l'herbe a cru sur cette
tombe commune de nos rois, et le voyageur étonné ne
peut pas même reconnaître la place où reposent ensemble les monarques qui ont gouverné la France pendant douze siècles.

Cependant, non contens d'avoir profané le dernier asile
de nos rois, plusieurs membres de la convention vou-
laient qu'on détruisît de fond en comble l'église de
Saint-Denis; mais cette proposition insensée ne fut point

adoptée. Privé de sa couverture en plomb en 1794 ; privé de ses magnifiques vitraux en 1799, ce superbe monument de la piété de nos pères resta pendant long-temps exposé aux injures de l'air et aux intempéries des saisons ; en 1796, on le couvrit à moitié en tuile. La révolution du 18 fructidor an v (1797) empêcha d'achever cette utile réparation. A cette époque, de nouveaux énergumènes proposèrent encore la démolition de cette église. Il s'agissait d'établir sur son emplacement un marché public pour la ville de Saint-Denis. M. Petit-Radel, alors inspecteur-architecte des monumens publics de Paris, parvint cependant encore à préserver cet édifice d'une ruine totale. Pendant tout le temps du gouvernement directorial, l'église de Saint-Denis resta dans l'abandon le plus absolu. Mais, sous le consulat, les amis des arts se réunirent pour réclamer les réparations à faire dans cette église, et le gouvernement s'empressa d'accéder à leurs vœux. Bonaparte, devenu empereur des Français, accéléra encore par sa volonté les travaux déjà commencés. En 1804, le ministre de l'intérieur, accompagné du préfet de la Seine, visita lui-même cette église de Saint-Denis, et arrêta avec les architectes les embellissemens et changemens propres à lui rendre son ancienne illustration.

Deux ans après, en 1806, Napoléon, qui avait déjà oublié sa fortune républicaine, promulgua, le 20 février, un décret ainsi conçu : « L'église de Saint-Denis est consacrée à la sépulture des empereurs. Un chapitre, composé de dix chanoines, est chargé de desservir cette église. Ces chanoines sont choisis parmi les évêques âgés de plus de soixante ans, et qui se trouvent hors d'état d'acquitter l'exercice des fonctions épiscopales. Ils jouis-

sent, dans cette retraite, des honneurs, prérogatives et
traitemens attachés à l'épiscopat. Le grand aumônier de
S. M. est chef de ce chapitre. » Le même décret portait
aussi : « Quatre chapelles seront érigées dans l'église,
dont trois dans l'emplacement qu'occupaient les tombeaux
des rois de la première, de la seconde et de la troisième
race, et la quatrième dans l'emplacement destiné à la
sépulture des empereurs. Des tables de marbre, placées
dans chacune des chapelles des trois races, doivent contenir les noms des rois dont les mausolées existaient dans
l'église de Saint-Denis. » Un autre décret, promulgué
peu de temps après, fondait une messe expiatoire en
l'honneur de Louis XVI. L'intention de ce nouveau décret
n'a point été suivie.

En conséquence du décret du 20 février, M. Legrand,
architecte des monumens publics, fut chargé par le ministre de l'intérieur de la conduite des ouvrages à faire
pour la restauration de l'église de Saint-Denis. Cet habile
architecte mit dans cette entreprise une telle activité,
qu'au bout de deux ans on vit reparaître avec un nouvel
éclat cette célèbre basilique. Il travaillait à terminer tous
les embellissemens projetés, lorsque la mort l'enleva aux
arts et à l'architecture. Il mourut à Saint-Denis, le 10
novembre 1808, avec le regret de n'avoir pu achever de
rendre à la France un de ses plus beaux monumens.

Après la mort de Legrand, la direction des travaux
fut confiée à M. Célérier. Il s'en acquitta avec zèle jusqu'en 1813, époque à laquelle il fut nommé membre du
conseil des bâtimens civils de Paris. Il fut remplacé par
M. Debret, architecte, et c'est celui-ci qui maintenant
est chargé de l'achèvement des travaux de restauration
de cette église.

Aujourd'hui ce monument, après dix-huit ans de travail, se trouve dans un état de splendeur, peut-être plus remarquable qu'il n'était autrefois; et les étrangers, en venant le visiter, pourront encore admirer la sépulture de nos monarques. Les réparations et embellissemens opérés dans cette église sont tellement nombreux qu'il serait trop long d'en donner le détail. Nous renvoyons pour cet objet à l'ouvrage intitulé: *Description historique de l'église de Saint-Denis*. On y trouvera la description exacte de tous les objets d'architecture sur lesquels les amateurs pourraient désirer d'avoir des notions.

Nous dirons seulement qu'à l'exception des murs principaux tout a été changé et embelli dans cet édifice. Depuis les caveaux funéraires jusqu'à la couverture, la main habile de MM. Legrand, Célérier et Debret a partout multiplié les chefs-d'œuvre et les ornemens, et a réparé avec art tous les désastres de 1793.

On a replacé dans l'intérieur de l'église, au lieu même qu'ils occupaient autrefois, les magnifiques monumens de Louis XII, de Henri II et de François Iᵉʳ. Ces monumens restaurés avec soin règnent dans les deux parties latérales de la nef sous des arcades fleurdélisées. Cette décoration avait été achevée dès le règne de Napoléon, qui voulait établir des deux côtés de la nef deux chapelles expiatoires.

Près des monumens de Henri II et de Louis XII on remarque une très-belle statue en marbre blanc représentant la reine Marie-Antoinette agenouillée sur un prie-Dieu. On assure que bientôt une pareille statue représentera Louis XVI dans la même attitude.

Aux deux côtés de la porte, située à droite de la nef,

s'élèvent deux colonnes expiatoires : la première attend le buste de Henri IV ; la seconde, surmontée d'une urne en marbre noir, est consacrée au cardinal de Bourbon.

Deux autres colonnes ornent les côtés de la porte située à gauche de la nef. Elles sont consacrées, l'une à Henri II, et l'autre à Henri III, dont les monumens occupaient jadis cette place même.

Le curieux et singulier bas-relief qui ornait le tombeau de Dagobert est aujourd'hui placé près du portail contre le mur de gauche à l'entrée de l'église.

Au milieu de la nef, un espace d'environ dix à douze pieds de long sur huit à dix de large, formant un carré long, s'offre aux regards, entouré d'une barrière. C'est par là que l'on descend au caveau destiné à la famille royale actuelle ; quatre pierres tumulaires scellent cette entrée interdite aux curieux, et qui ne s'ouvre que sur un ordre exprès de S. M.

Le caveau royal fermé de tous côtés, n'offrant aucune issue, et n'étant éclairé par aucune lumière, s'étend sous le chœur, et forme une chapelle presque circulaire. Le long des murs, des tréteaux en fer attendent les restes des membres de la famille royale. Le caveau contient jusqu'à ce jour les ossemens de Louis XVI, de Marie-Antoinette, les dépouilles mortelles de S. A. R. monseigneur le duc de Berry et les restes de S. M. Louis XVIII. Ces débris, sans aucun monument, sont enfermés dans des cercueils de plomb, couverts d'un luminaire de velours noir brodé d'argent ; une plaque de cuivre porte seulement les noms, les titres et l'âge des princes défunts.

Des deux côtés du chœur deux ouvertures, fermées par des grilles de fer, conduisent aux chapelles souterraines qui règnent le long d'une galerie semi-circulaire, dont le contour embrasse le caveau royal. Ces chapelles et cette galerie formaient jadis une espèce d'église d'architecture lombarde, dont le caveau royal formait la nef et le chœur. On croit que cette église a servi jadis aux cérémonies du culte.

Le long de cette galerie on a placé récemment les divers monumens recueillis jadis au Musée des Petits-Augustins, et qui, avant la dévastation de l'église, figuraient dans la basilique même au-dessus des caveaux des différens monarques. Ces monumens, qui se composent pour la plupart de statues couchées, ont été déposés sur des tombes carrées de marbre noir, exécutées nouvellement et toutes vides, les insensés de 1793 n'ayant respecté les dépouilles d'aucun monarque.

Rangées selon l'ordre des temps et des dynasties, ces tombes, surmontées de statues antiques, ornent ainsi les chapelles sépulcrales. Elles offrent en quelque sorte une chronologie monumentale des rois de France. Pour la rendre plus complète, on a réuni aux monumens qui ornaient jadis l'église de Saint-Denis, plusieurs tombeaux de rois dont l'existence a précédé cette église, et qui se trouvaient dans d'autres basiliques : c'est ainsi que les monumens de Chilpéric, de Frédégonde, de Childebert et d'Ultrogothe sa femme, jadis placés à Saint-Germain-des-Prés, sont aujourd'hui à Saint-Denis.

A gauche, en entrant, s'offre le caveau qui contenait autrefois les restes de Turenne. Nous avons dit que tous les ossemens, produits par les exhumations de Saint-Denis, avaient été jetés pêle-mêle dans une fosse commune au nord de la basilique. La piété a conseillé une recherche de ces débris de trois races royales. Tous les ossemens que l'on a pu retrouver dans la fosse tapissée

de chaux vive ont été recueillis , placés dans deux cercueils en pierre , et déposés dans le caveau de Turenne.

Vers le milieu de la galerie souterraine , en entrant par
la porte à gauche , on remarque à droite , contre le mur
extérieur du caveau royal , une grande table en marbre
noir. Ce fut par là qu'en 1793 les profanateurs s'ouvri-
rent un passage lorsqu'ils commencèrent la violation des
tombes royales. Depuis , lorsque Napoléon rêva l'existence d'une quatrième dynastie , et jetant loin de lui le
manteau républicain , tenta de donner à sa famille une
sorte de consécration monarchique ; il fit restaurer le
caveau royal , et la même ouverture fut destinée à servir
d'entrée à ce caveau. Deux portes en bronze d'une très-
belle exécution furent placées entre les colonnes , et destinées à l'introduction future des débris de la famille
impériale ; mais , à la rentrée des Bourbons , on condamna
cette issue qui rappelait de trop funestes souvenirs. Deux
tables de marbre noir ont été substituées aux portes im-
périales , et une inscription , non encore achevée , doit
apprendre que , derrière ces tables , à cet endroit même
du caveau , on a déposé les restes de Louis XVI et de la
reine sa femme.

Vis-à-vis de cette inscription , une chapelle décorée à
l'antique et fleurdelisée , est destinée à l'expiation des at-
tentats de 1793. Cette chapelle n'est pas encore terminée.

Quel est , aux deux tiers de la galerie , ce caveau éclairé
par une lampe sépulcrale ? un cercueil en plomb , couvert d'un luminaire en velours noir brodé d'argent , s'élève
sur un tréteau de fer : c'est le caveau du prince de
Condé ; c'est là qu'après tant de traverses repose dans
l'enceinte des rois ce vieux soldat du royalisme.

Sortant des caveaux funéraires , remontons dans la basilique : d'immenses travaux s'exécutent vers la partie latérale de droite. Les arceaux menaçaient ruine, et il a fallu élever en dehors un mur considérable pour les soutenir. Un rang de chapelles doit orner l'intérieur de l'église, et accroître en largeur l'étendue de ce vaste monument.

Dix tableaux ornent la sacristie. En voici la description :

1°. La prédication de saint Denis, par M. Monsiau;

2°. Dagobert ordonnant la construction de l'église de Saint-Denis en 1629, par M. Ménageot;

3° L'institution de l'église de Saint-Denis comme sépulture des rois, par M. Garnier;

4°. La dédicace de l'église de Saint-Denis en présence de l'empereur Charles-Quint, par M. Meynier;

5°. Saint Louis faisant placer dans le chœur de l'église de Saint Denis les cénotaphes qu'il avait fait ériger aux rois ses prédécesseurs, en 1264, par M. Landon;

6°. Saint Louis recevant l'*oriflamme* à Saint-Denis avant son départ pour la Terre-Sainte, par M. le Barbier aîné.

7°. Philippe portant sur ses épaules les dépouilles mortelles de saint Louis son père, mort à Tunis en 1270, par M. Guérin;

8°. Charles-Quint venant visiter l'église de Saint-Denis, dans laquelle il est reçu par François 1er, accompagné de ses deux fils et des seigneurs de sa cour, par M. Gros;

9°. Le couronnement de Marie de Médicis à Saint-Denis, par M. Monsiau. C'est une heureuse imitation de celui de Rubens, représentant le même sujet, et qu'on peut voir dans le Musée royal.

10°. Louis XVIII ordonnant la continuation des travaux de l'église de Saint-Denis, dont l'architecte lui présente le plan, et lui indique les changemens que l'on projette d'y faire, par M. Menjaud.

Avant la chute de Napoléon, c'était ce monarque qui était représenté dans une composition à peu près semblable.

Les statues nouvelles dont on a décoré cet édifice sont placées dans les entre-colonnemens, dans la galerie souterraine qui environne le caveau des Bourbons. Elles faisaient auparavant partie de la décoration intérieure de la chapelle sépulcrale, bâtie sur les dessins de M Legrand pour la sépulture des empereurs de la dynastie de Napoléon. Elles sont au nombre de six, et disposées de la manière suivante :

1°. Charlemagne exécuté en marbre par M. Gros ;

2°. Louis 1ᵉʳ, dit *le Débonnaire*, par M. Bridau ;

3°. Charles 11, dit *le Chauve*, par M. Foucon ;

4°. Louis 11, dit *le Bègue*, par M. Descine ;

5°. Charles 111, dit *le Gros*, par M. Gaule ;

6°. Louis 1v, dit *d'Outremer*, par M. Dumont.

Ces cinq dernières statues sont en pierre. Nous ne pouvons point expliquer pourquoi on a ainsi placé, autour du caveau de sépulture des Bourbons, ces six monarques qui appartiennent tous à la seconde race des souverains de France. Il nous semble qu'il eût été plus convenable d'y disposer les statues des rois de la troisième race, qui est celle des Capets, dont les Bourbons sont la dernière branche régnante.

Le caveau, dit naguère des *Napoléons*, est maintenant sans destination. Un seul corps y a été déposé pendant la courte durée de la dynastie impériale. C'est celui du jeune Louis, fils de Louis Bonaparte, ci-devant roi de Hollande, mort en 1808, avec le titre de grand duc de

Berg, à l'âge de huit ou dix ans. Le corps de cet enfant en fut retiré en 1814, et relégué dans le cimetière de Saint-Denis.

Il nous reste à offrir au lecteur le détail des diverses cérémonies et inhumations qui ont eu lieu dans l'église de Saint-Denis depuis le retour de la maison de Bourbon. Celui qui, le premier de cette famille, avait été privé des honneurs de cette sépulture royale, devait, après vingt-deux ans d'exil, être le premier qui rentrât avec pompe dans le caveau sépulcral de ses ancêtres. L'infortuné Louis XVI, qui, après le 21 janvier 1793, avait été enterré, comme un particulier obscur, dans le cimetière de la Madeleine, repose maintenant à côté de la reine son épouse, dans les souterrains de l'église de Saint-Denis. Nous croyons devoir donner les détails de cette exhumation solennelle.

On savait depuis long-temps qu'un ancien avocat, M. Descloseaux, avait, dans le cours même de la révolution, fait l'acquisition du cimetière de *la Madeleine*, à l'effet de veiller lui-même sur cette terre qui couvrait les restes du dernier de nos rois. Ce sujet fidèle avait converti ce cimetière en jardin, et orné d'un bosquet funèbre l'endroit où avaient été déposés les restes mortels de Louis XVI et de Marie-Antoinette. En conséquence, S. M. Louis XVIII ayant témoigné l'intention de faire transporter à Saint-Denis les corps de son frère et de sa belle-sœur, si jamais l'on était assez heureux pour les découvrir, on commença, le 18 janvier 1814, les fouilles nécessaires pour parvenir à cette découverte. Elles furent faites en présence de MM. Dambray, chancelier de France ; de Blacas, ministre de la maison du roi ; de Crussol, pair de France ; de Lafare, aumônier de Son Altesse Royale

Madame, duchesse d'Angoulême; et enfin de M. Distel,
chirurgien de S. M. Louis xviii, commissaires nommés
par le roi pour présider à cette recherche. Parmi les ouvriers qui y furent employés se trouvait un homme qui,
vingt-deux ans auparavant avait lui-même travaillé à l'inhumation de la reine. Après avoir fait une découverte de
terre de dix ou douze pieds de profondeur, on rencontra un
lit d'environ dix pouces d'épaisseur. Ce lit, qu'on enleva
avec beaucoup de précaution, présenta l'empreinte bien
distincte d'une bière de cinq pieds et demi ou environ de
longueur. Plusieurs débris de planches, encore intactes,
étaient attachés et comme mastiqués le long de cette
empreinte tracée dans un lit de chaux fort épais. Au-
dessous de cette espèce de croûte, formée par la chaux
sur l'ancien cercueil, on trouva un grand nombre d'ossemens qui furent soigneusement recueillis par les commissaires. Plusieurs cependant manquaient, ayant sans
doute été détruits par le contact de la chaux vive qu'on
avait projetée sur le cadavre en 1793 ; mais la tête se
trouva entière, et la position où elle était placée indiquait d'une manière incontestable qu'elle avait été détachée du tronc par un instrument tranchant. On découvrit
également, à côté des ossemens, des débris de vêtement,
et notamment deux jarretières élastiques assez bien conservées, qui furent retirées avec soin pour être portées
au roi, ainsi que deux débris de cercueil. Le surplus fut
placé dans une boîte, en attendant le cercueil en plomb
qui devait les renfermer. La terre et la chaux trouvées
avec les ossemens furent également mises à part pour être
déposées dans ce même cercueil.

Cette première opération terminée, on procéda à la
recherche des restes de Louis xvi. On fit, à côté de celle

faite pour la reine, une première tranchée de même largeur et de même profondeur sans rien rencontrer qui indiquât la présence du tombeau que l'on recherchait. On reconnut alors la nécessité de creuser un peu plus bas. Mais, la nuit s'avançant, on remit au lendemain cette opération.

Le 19 janvier, on recommença, un peu au-dessous de la tombe de la reine, une tranchée de sept pieds de profondeur. Les ouvriers rencontrèrent alors quelques terres mêlées de chaux, et quelques minces débris de planches, indicatifs d'un cercueil de bois. La fouille, à ce moment, fut continuée avec plus de précaution; mais, au lieu de trouver un lit de chaux pure, comme autour du cercueil de la reine, on reconnut que la terre et la chaux avaient été mêlées à dessein, de telle sorte cependant que la chaux dominait beaucoup dans ce mélange; ce qui avait empêché la formation de cette croûte solide qui recouvrait les ossemens de la reine. Au milieu de cette chaux et de cette terre, on fut pourtant assez heureux pour rencontrer les ossemens d'un corps d'homme, dont plusieurs, presque entièrement corrodés, étaient près de tomber en déliquescence; la tête était enveloppée d'un enduit de chaux, et elle se trouvait placée au milieu des deux os des jambes; circonstance d'autant plus remarquable que cette position avait été précédemment indiquée aux commissaires par l'un des témoins de l'inhumation de Louis XVI en 1793.

Malgré les recherches répétées dans ce mélange de terre et de chaux, on ne put découvrir aucun débris de vêtement. La chaux, beaucoup plus abondante que dans la fosse de la reine, avait sans doute tout détruit.

Les ossemens à demi rongés, et la plupart des morceaux de chaux entiers qu'on put recueillir, furent déposés dans un grand drap disposé à cet effet.

Quoique la place où ces ossemens avaient été découverts fût celle où plusieurs témoins oculaires de l'inhumation avaient déclaré que le corps de Louis XVI avait été enterré, et que la situation de la tête entre les jambes ne laissât aucun doute à cet égard, cependant, pour plus ample information, les commissaires firent enlever, à vingt-cinq pieds de distance, jusqu'à dix ou douze pieds de terre, pour chercher s'il n'existait pas de lit complet de chaux qui indiquât une autre sépulture du roi aussi positivement que celle de la reine. Mais cette épreuve surabondante ne fit rien découvrir.

Le 20 janvier les corps du roi et de la reine furent en grande pompe déposés dans les cercueils de plomb qu'on avait préparés à cet effet. On y joignit aussi plusieurs de ces morceaux de chaux qu'on avait trouvés entiers, et le long desquels étaient attachés quelques vestiges des planches du cercueil de bois. Les cercueils de plomb furent ensuite recouverts et soudés par des plombiers, et sur le couvercle on attacha une plaque de vermeil avec cette inscription :

ICI REPOSE
LE CORPS DE TRÈS-HAUT, TRÈS-PUISSANT,
TRÈS-EXCELLENT PRINCE
LOUIS, SEIZIÈME DU NOM.
PAR LA GRACE DE DIEU, ROI DE FRANCE
ET DE NAVARRE.

Sur le cercueil de la reine on plaça aussi cette autre inscription :

ICI REPOSE
LE CORPS DE TRÈS-HAUTE, TRÈS-PUISSANTE,
TRÈS-EXCELLENTE PRINCESSE
MARIE-ANTOINETTE-JOSÈPHE-JEANNE DE LORRAINE,
ARCHIDUCHESSE D'AUTRICHE,
ÉPOUSE DE TRÈS-HAUT, TRÈS-PUISSANT,
TRÈS-EXCELLENT PRINCE
LOUIS SEIZIÈME DU NOM, PAR LA GRACE DE DIEU
ROI DE FRANCE ET DE NAVARRE.

Il nous semble qu'au lieu de cette stérile épitaphe, qui rappelle un peu trop celles du temps de Dagobert et des princes qui l'ont suivi, les commissaires auraient mieux fait d'en mettre une plus simple, et qui eût rappelé, en termes touchans, les malheurs du couple infortuné.

Le 21 janvier, à huit heures du matin (*Monsieur*, aujourd'hui S. M. Charles X), et les princes, ses fils, se rendirent au cimetière de la Madeleine, et entrèrent sous la tente où étaient déposés les cercueils du roi et de la reine son épouse. On fit les prières des morts; et, après leur célébration, les cercueils furent placés dans le corbillard par les gardes-du-corps commandés pour cette cérémonie. Le cortége alors défila et se rendit en grande pompe à Saint-Denis, accompagné d'une foule immense de peuple accouru, malgré la rigueur de la saison, sur cette route où devait passer le corps du meilleur des rois.

La nef de l'église était coupée en deux parties par un portique formé d'un arc gothique, et tendu en noir comme le reste de l'église; au-delà de ce portique, sous un large baldaquin garni d'hermine, s'élevait le catafalque, composé d'un sarcophage, surmonté d'une urne enveloppée d'un drap mortuaire, d'un drap d'or, du manteau

royal, le tout recouvert d'un crêpe. Au pied du sarcophage on avait déposé la couronne, le sceptre, la main
de justice. L'intérieur du soubassement de ce sarcophage
était disposé pour recevoir les deux cercueils.

Après le service des morts, et une longue oraison
funèbre, prononcée par M. l'évêque d'Aire qui avait
officié, les corps furent transportés dans le caveau des
Bourbons au lieu préparé pour les recevoir. Selon l'ancien
usage, le corps de Louis xvi a été placé au bas de l'escalier, en dehors du caveau où il ne doit entrer que lorsque
la mort, en frappant ses coups périodiques, amènera un
Bourbon pour le remplacer..

Dans l'intérieur du caveau on a placé, comme nous
l'avons dit, de forts tréteaux en fer, sur lesquels viendront se ranger, par ordre de décès, les cercueils des
princes ou princesses. C'est là que l'on a déposé celui de
Marie-Antoinette. Toutes les personnes de la cour, ayant
les princes à leur tête, étaient descendues dans ce caveau
funèbre, et assistèrent à ce dépôt du cercueil de la reine
sur les tréteaux de fer. Quand les princes et les autres
personnes descendues sous ces voûtes souterraines eurent
fini leurs prières, on ferma l'ouverture de l'escalier avec
trois dalles ou *tombes* en pierre. S. M. Louis xviii a
confié la garde du tombeau de la maison royale de France
à dom Verneuil, ancien grand-prieur de l'abbaye de
Saint-Denis, et curé de cette ville.

Au moment où Napoléon Bonaparte, par l'effet d'une
révolution dont on ne voit point d'exemples dans les
annales de l'Europe, reparut tout à coup en France au
mois de mars 1815, et ressaisit d'une main hardie les rênes
de cet empire qu'il n'avait point su conserver, on s'occupait des recherches nécessaires pour retrouver aussi les

restes du jeune Louis xvii, fils de Louis xvi, déposés dans l'ancien cimetière de la paroisse Sainte-Marguerite, au faubourg Saint-Antoine. On espérait même avoir le bonheur de les recouvrer, et déjà les journaux l'avaient annoncé à toute la France; mais l'irruption soudaine de Napoléon ayant tout fait abandonner, et les suites de la guerre soutenue contre lui ayant depuis absorbé toute l'attention du gouvernement, on n'a point repris les informations qui pouvaient aider dans la recherche du corps du jeune roi, mort avant de régner. Cependant Louis xvii réclame aussi les honneurs de la sépulture, et la France demande à voir reposer dans l'antique basilique de Saint-Denis les restes de l'enfant royal que sa naissance avait destiné à régner sur elle.

Depuis la consécration funèbre des restes de Louis xvi et de Marie-Antoinette, la mort dont les coups multipliés ne se ralentissent jamais, et qui semble de préférence attaquer la puissance et la grandeur, comme pour donner une plus frappante idée de notre néant, n'a point respecté une famille antique, dont le sang avait été presque tari par les révolutions.

Le premier Bourbon qui, depuis la restauration, soit venu à ce dernier rendez-vous de sa famille, est monseigneur le duc de Berry. C'est avant le temps prescrit par la nature que ce prince est descendu dans la tombe. Le second est le vieux prince de Condé dont nous avons décrit plus haut la retraite dernière. La mort du troisième et du plus puissant est récente encore. S. M. Louis xviii, après une carrière semée de revers et de prospérités, un long exil et un règne honorable, est venu réclamer à Saint-Denis sa place dans l'asile que sa piété avait restauré.

FUNÉRAILLES DE Mgr. LE DUC DE BERRY.

Le lecteur n'attend pas de nous le récit de la mort tragique de monseigneur le duc de Berry. Cette mort a retenti dans l'Europe; elle n'a pas été sans influence sur les destinées de la France. L'assassin du prince n'a point désigné de complices, et l'on aime à croire qu'il n'en eut pas. Après avoir été exposé quelques jours au Louvre, la dépouille mortelle du duc a été transférée en grande pompe à Saint-Denis; elle est restée exposée pendant six semaines dans la chapelle Saint-Louis, et elle est ensuite allée se placer dans le caveau royal près de Louis XVI et de Marie-Antoinette.

« Les obsèques du prince, dit un éloquent historien, eurent lieu à Saint-Denis. Il n'y avait pas encore deux mois que l'on avait vu le prince plein de vie, assis; le 21 janvier, devant le catafalque de Louis XVI, on le cherchait en vain sur le banc auprès de monseigneur le duc d'Angoulême, son frère, et on ne le trouvait que sous ce même catafalque devant lequel ce frère pleurait. Les yeux se portaient avec attendrissement sur la famille royale déjà si peu nombreuse et encore diminuée; sur ce roi qui semblait méditer au milieu des ruines de la monarchie; sur *Madame* enveloppée dans un long crêpe comme dans sa parure accoutumée; sur monseigneur le duc d'Angoulême, chargé de mener le deuil, et qui, saluant tour à tour et l'autel et le cercueil, semblait demander au premier la force de regarder le second. On eût dit que ces paroles de l'évangile du jour avaient été particulièrement choisies pour lui: *Domine, si fuisses hic, frater meus non fuisset mortuus.* Monseigneur le duc d'Orléans et monseigneur le duc de Bourbon menaient aussi le deuil avec monseigneur le duc d'Angoulême.

« Monseigneur le coadjuteur (aujourd'hui archevêque de Paris) prononça une oraison funèbre remarquable dans ce vieux sanctuaire de nos chartes et de notre religion, qui entendit déjà tant d'oraisons funèbres. La première de toutes fut celle de Duguesclin faite en 1493 par l'évêque d'Auxerre. Un poëte gothique nous a transmis l'histoire de cette cérémonie : ce qu'il dit si naïvement du bon connétable et du discours du prélat s'applique de la manière la plus touchante à monseigneur le duc de Berry :

> Tous les princes fondaient en larmes
> Aux mots que l'évêque montrait ;
> Car il disait : « Pleurez, gens d'armes,
> « Bertrand qui très tant vous aimait.
> « On doit regretter les faits d'armes
> « Qu'il fit au temps que il vivait.
> « Dieu ait pitié, sur toutes âmes,
> « De la sienne ! car bonne était. »

« Les honneurs qui avaient fui monseigneur le duc de Berry pendant sa vie l'accablèrent après sa mort. La basilique de Saint-Denis, tendue de noir dans la longueur de sa voûte, ressemblait à un vaste tombeau. Des cordons de lumière se dessinaient sur les draperies funèbres; des lampadaires, des candélabres d'argent, des colonnes qui *semblaient porter jusqu'au ciel*, comme dit Bossuet, le *magnifique témoignage de notre néant*, une large croix de feu dans le sanctuaire, tout enfin surpassait l'idée qu'on avait pu se faire de cette pompe. Un clergé nombreux, la cour, l'armée, les ambassadeurs étrangers, les deux chambres, les tribunaux de justice remplissaient le chœur, la nef, les chapelles et les galeries. On chantait, on agitait les cloches, on tirait du canon autour d'un cercueil muet : il y avait tant de grandeur dans cette pompe qu'on aurait cru assister aux funérailles de la monarchie......

« La messe ouïe, on ôta le cercueil du catafalque pour le descendre dans le caveau. Alors l'héroïne du temple fut vaincue pour la première fois. A la vue du cercueil, elle se sentit prête à défaillir, et fut obligée de se retirer de la tribune où elle était placée à la droite du roi. Le roi lui-même à genoux laissa tomber sa tête vénérable sur ses deux mains jointes; la France entière sembla courber la tête avec lui. Il paraissait rouler dans son esprit les pensées qui se présentaient à son aïeul Henri IV, lorsque celui-ci assistait dans la même église de Saint-Denis au couronnement de la reine : « Savez-vous, dit le vainqueur d'Ivry à son confesseur, ce que je pensais tout à l'heure en voyant cette grande assemblée ? Je pensais au jugement dernier et au compte que nous y devons rendre à Dieu.

« Les gardes de *Monsieur* [1] portaient le corps de son fils; leurs casques rapprochés formaient une espèce de voûte mouvante au-dessus du cercueil. Monseigneur le duc d'Angoulême descendit le premier dans le souterrain où il allait laisser son frère; ensuite, selon l'antique usage, les hérauts d'armes appelèrent les serviteurs du prince : *Celui qui est dedans la fosse appelle, l'un après l'autre, lesdits écuyers qui apportent les éperons, gantelets, écus, cottes d'armes. Lors ledit héraut, étant dans ladite voûte, crie par trois fois : Le prince est mort, et que l'on prie Dieu pour son âme* [2]. [3]. »

(1) S. M. Charles X.

(2) Du Tillet, Recueil des Rois de France.

(3) Mémoires touchant la vie et la mort de Mgr. le duc de Berry, par M. le vicomte de Châteaubriand.

Admis par la faveur du roi dans les sépultures de Saint-Denis, le prince de Condé occupe, comme nous l'avons dit, un caveau toujours éclairé dans l'église souterraine, à gauche du chœur.

FUNÉRAILLES DE S. M. LOUIS XVIII.

Peu de jours se sont écoulés depuis que les restes mortels de S. M. Louis XVIII sont allés prendre leur place dans le caveau royal. Après avoir été exposé pendant sept jours aux Tuileries sur un lit d'honneur, le corps de S. M. a été transféré à Saint-Denis, et, suivant l'antique usage, reçu par M. le doyen du chapitre. Il a été placé dans la chapelle Saint-Louis, lieu privilégié pour l'exposition de la dépouille des membres de la famille royale. La dimension de cette chapelle, située à la gauche du chœur, n'est pas très-vaste; et, bien que l'espace eût été très-habilement ménagé, le catafalque ne produisait pas tout l'effet que l'on aurait pu désirer.

La chapelle Saint-Louis était entièrement revêtue de tentures noires, parsemées de larmes, de fleurs de lis, de palmes et d'écussons. Sous un immense baldaquin s'élevait le catafalque. Un drap, dont le tissu entièrement en or, était orné d'une croix en tissu d'argent, et dont la partie inférieure, terminée aux quatre coins par des glands en or, était de velours noir fleurdelisé, couvrait le cercueil, surmonté de deux coussins et des attributs de la royauté voilés d'un crêpe. Ces attributs sont le bâton de commandement, la couronne d'or, la main de justice et le sceptre.

On voyait autour du catafalque seize cierges continuellement allumés. Les quatre coins étaient éclairés par de

4.

vastes candélabres en dorure contenant chacun six lampes; aux deux extrémités, à quelque distance, s'élevaient
deux autels ornés de tentures funèbres recevant la lumière
de candélabres d'un autre genre, et d'un assez grand
nombre de cierges; des candélabres, pareils à ceux qui
entouraient le catafalque, et trois lustres argentés complétaient l'illumination de la chapelle. Cette réunion de
lumières, amassées sur un seul point et dans un espace
borné, produisait un assez bel effet. Des gardes de la
maison du feu roi environnaient continuellement le cercueil, et plusieurs prêtres, toujours présens, pronon-
çaient à demi voix, à des intervalles rapprochés, les
prières des morts.

C'est dans cette chapelle ardente, ainsi décorée, que
les restes du feu roi ont été, pendant six semaines, visités par une foule toujours renaissante qui, arrivant par
la porte orientale, pénétrait dans la chapelle, et s'écou-
lait avec ordre et recueillement après avoir contemplé la
puissance humaine avec ses derniers honneurs et ses derniers attributs.

Mais ces premiers hommages, rendus à la cendre d'un
puissant monarque, n'étaient que le prélude d'honneurs
plus grands et de magnificences plus éclatantes; c'était pour
la génération actuelle un spectacle tout nouveau que celui
des cérémonies pour l'inhumation des rois. On attendait,
avec un intérêt mêlé de curiosité, les solennités qui devaient accompagner les derniers adieux de la France à
l'auteur de la Charte. On ne doutait pas que les anciens
usages ne fussent rappelés sans cependant blesser trop
ouvertement les idées actuelles. Le cérémonial n'est pas
moins que toutes les choses humaines soumis aux révolutions intellectuelles, et tributaire de l'esprit du temps.

Ainsi, sous Charles VI, l'usage voulait que l'on fît bouillir les os des rois, et que l'on salât leurs chairs, afin de les conserver, moyen grossier imaginé pour suppléer à la perte de l'art d'embaumer les corps. Un usage plus moderne, mais encore superstitieux, voulait que, pendant quarante jours, on servît les rois défunts comme s'ils vivaient encore : « On les servait, dit un historien [1], étant la table dressée par les officiers de fourrière ; le service apporté par les gentilshommes servans, pannetiers, échansons et écuyers tranchans ; l'huissier marchant devant eux, suivi par les officiers de retrait du gobelet qui couvrent la table, avec les révérences et essais que l'on a accoutumé de faire ; puis après le pain défait et préparé, la viande et service conduits par un huissier, maître-d'hôtel, pannetier, pages de la chambre, écuyer de cuisine et garde-vaisselle ; la serviette pour essuyer les mains présentée par ledit maître-d'hôtel au seigneur le plus considérable qui se trouve là présent pour qu'il la présente audit seigneur roi ; la table bénite par un cardinal ou un autre prélat ; les bassins à eau à laver présentés au fauteuil dudit seigneur roi comme s'il était encore vivant et assis dedans ; les trois services de ladite table continués avec les mêmes formes, cérémonies et essais, sans oublier la présentation de la coupe aux momens où ledit seigneur roi avait accoutumé de boire en son vivant ; la fin du repas continuée par lui présenter à laver, et les grâces dites en la manière accoutumée, sinon qu'on y ajoute le *De profundis.* »

Un autre usage enfin prescrivait d'exposer au-dessus du cercueil contenant les restes du roi, son effigie en cire avec tous les ornemens royaux, et dans tout l'éclat de

(1) Mémoire de l'état de France, tom. III, p. 354.

la majesté. Cette coutume, tombée en désuétude, n'a
point été renouvelée.

On pensait généralement, comme nous l'avons dit,
que les ordonnateurs emprunteraient à l'antique usage
tout ce qui pouvait convenir encore à notre siècle.
L'attente publique a-t-elle été remplie ? On en jugera
en lisant le détail exact et circonstancié du cérémonial qui
a été observé pour l'inhumation du feu roi Louis XVIII.
Voici d'abord la description du décor exécuté dans la
basilique de Saint-Denis :

En avant du portail, et comprenant un carré de la
largeur de toute l'étendue de la façade, avait été dis-
posée une enceinte formée de droite et de gauche par
douze belles colonnes en marbre, largement espacées,
élevées sur un soubassement général, et surmontées de
tourelles terminées par des croix. Les entre-colonnemens
qui les séparent étaient drapés en noir avec des pentes enrichies de câblés, de glands, d'armoiries et de chiffres du
feu roi. Une litre fleurdelisée couronnait cette tenture
dans tout le pourtour. Ces douze colonnes, dédiées aux
saints apôtres, se liaient à la partie inférieure de la principale façade ornée de trois belles portes également en
marbre blanc enrichi de dorures. Ces portes, aussi bien
que les colonnes de l'enceinte étaient en style gothique
entièrement en harmonie avec les parties apparentes de
l'église et les tours qui s'élèvent au-dessus. L'entrée
principale, plus riche que les deux entrées latérales, était
surmontée des statues de saint Denis et de ses deux
compagnons martyrs, saint Eleuthère et saint Rustique.
Les ornemens qu'on y avait adaptés rappelaient non-
seulement la royauté et la religion, ils retraçaient aussi
la destination de l'église royale de Saint-Denis, consa-

crée dès son origine à la sépulture des rois de France.
Réunies entre elles par des tentures drapées, ornées
d'écussons et d'armoiries brodés, les masses d'architecture de ces trois entrées se dessinaient en entier et presque
dans toute la hauteur du portail sur un fond de tenture
de drap noir, semée de fleurs de lis d'or ; une superbe
frise bordée de litre herminée, larmée, fleurdelisée, couverte d'écussons armoriés de chiffres du feu roi, entourés
de cyprès et séparés par des palmes d'or, couronnait la
façade avec une grande magnificence ; tout au haut de
cette tenture, et au-dessus de la porte du milieu, deux
anges, tenant des flambeaux renversés, s'appuyaient sur
les armes de France dans l'attitude d'une profonde douleur.

Rien de plus imposant que l'aspect général de l'appareil funèbre de l'intérieur. Au milieu de ces tentures
de deuil, de ces voiles qui couvraient les voûtes, et qui
interceptaient toute lumière, l'église de Saint-Denis
avait disparu, et c'était au milieu d'une vraie basilique
royale, éclatante de plusieurs milliers de lumières, que
s'élevait le cénotaphe de Louis XVIII. Du côté de l'entrée
principale, six riches candélabres élevés sur des piédestaux, et supportant des lampes funèbres, servaient à
éclairer le porche.

Passé le porche, un ordre d'architecture ionique, couronné de son riche entablement élevé sur des piédestaux,
et appuyé sur des arrière-corps, régnait dans tout le pourtour de l'église, et formait la division des nombreuses
tribunes construites dans les bas côtés. Cette disposition,
adoptée aussi dans les bras de la croix, et obtenue par
d'immenses constructions en charpente, augmentait de
beaucoup le nombre des places, et complétait la régularité de toutes les parties de l'immense édifice. Toutes

les tribunes de la nef, du chœur, de la croix et du sanctuaire étaient décorées de lambrequins en étoffes d'or
et d'argent, de belles draperies, rideaux et appuis en
velours noir semé de fleurs de lis d'or, couvert de chiffres du roi brodés, entourés de palmes et d'attributs de
la souveraineté, etc. Au-dessus de l'ordre ionique était une
riche frise entièrement foncée en noir, sur laquelle étaient
distribués symétriquement de grands écussons aux armes
du roi, surmontés du heaume à la royale, entourés des
ordres royaux, du sceptre et de la main de justice, le
tout se dessinant sur le manteau royal de velours violet
cramoisi et doublé d'hermine. De chaque côté de ces
armes brillaient les chiffres de Louis XVIII, surmontées de
la couronne, entourées de palmes, et ayant dans leur milieu une fleur de lis rayonnante. Des anges, portant un
nombreux luminaire, élevés au-dessus de chaque colonne, divisaient cette frise en autant de parties qu'il y
avait de tribunes. Ce décor était terminé par une galerie
de colonnes isolées, sur laquelle reposait la voûte, entièrement semée de fleurs de lis d'or. Toutes les colonnes
formant l'ordre principal étaient cannelées aux deux
tiers avec filets d'or sur fond lapis ; le choix de ce fond
était d'autant plus heureux, que l'azur, qui est de la couleur du blason royal, formait, avec le reste de l'architecture entièrement d'or, une harmonie parfaite. Des
fleurs de lis, couvrant le bas des fûts, des croix votives
et autres attributs royaux et religieux, composaient les
ornemens sculptés des frises et entablemens. Deux lignes
de lumière, dont une au-dessus de l'entablement de
l'ordre inférieur, et l'autre au bas de la galerie supérieure, régnaient dans tout le pourtour de l'église, et
offraient de riches dentelles composées de pavots et de

fleurs de lis avec ornemens à jour. Ce luminaire, en
éclairant la belle frise au-dessus de l'ordre principal,
se réfléchissant sur les colonnes d'or de la galerie supérieure, produisait un effet merveilleux. Au bas des gra-
dins placés à la droite et à la gauche de la nef, douze
piédestaux supportaient des candélabres en or et lapis
surmontés de lampes sépulcrales. Deux belles colonnes
isolées, pareilles à celles du pourtour de l'église, formaient le jubé, et séparaient l'entrée du chœur de la
nef; au dessus de leurs entablemens resplendissaient deux
belles croix d'or.

Au milieu du chœur, plus haut de six marches que
la nef, était placé le cénotaphe élevé sur un emmarchement de deux marches qui comprenaient la hauteur du
soubassement. Sa forme principale était celle d'un carré
long s'appuyant aux quatre angles sur autant de pilastres, en avant desquels s'élevaient sur chaque face extérieure deux colonnes entièrement isolées, posant sur des
piédestaux communs; ces piédestaux, ornés de riches
moulures, portaient sur leur face des panneaux ornés des
armes du roi, ayant pour support des anges tenant à
la main des torches renversées, le tout or sur fond
lapis. Les colonnes et pilastres, au tiers couverts de
feuilles de chêne, étaient ornés dans le reste de leur
hauteur d'arabesques formés de feuilles de pavot, de
palmes, de fleurs de lis et autres ornemens analogues.
Les chapitaux d'un ordre corinthien composite à volute, et
de deux rangées de feuilles d'acanthe et de palmes, étaient
enrichies de têtes d'anges et d'étoiles; l'entablement
profilé au-dessus de chaque colonne était denticulaire et
orné dans sa frise de croix, de rinceaux, de torsades de
chêne; une riche dentelle également sculptée et dessinée

par des palmes et pavots, terminait la corniche. Huit
anges adorateurs s'élevaient au-dessus des colonnes sur
les belles consoles placées en diagonale et se réunis-
sant au milieu. Au bout de la coupole qui surmontait le
monument était placé un globe d'azur, couvert d'étoiles
d'or; une figure rayonnante s'élevait au-dessus de ce
globe, c'était celle de la religion, de cette fille du ciel
descendue sur la terre pour nous consoler dans notre
affliction.

Au milieu du cénotaphe et sur un socle de la hauteur des piédestaux s'élevait le sarcophage entièrement
en or, recouvert du drap mortuaire et du drap d'or
avec les insignes, profilé de riches moulures taillées, et
supporté aux angles par quatre anges cariatides tenant
des palmes. Le plafond du cénotaphe, dessiné en compar·
timens, offrait dans son milieu une croix étoilée et entourée de chiffres, de têtes d'anges et des attributs de
la royauté. Vingt-quatre candélabres en or et lapis, surmontés de lampes funéraires, placés des deux côtés;
douze lampes sépulcrales en bronze doré, suspendues
aux soffises, et un nombre considérable de chandeliers
en vermeil, distribués sur les emmarchemens, formant
le luminaire du catafalque, surmonté du pavillon royal
suspendu à la voûte et orné de la couronne royale; aux
lambrequins du pavillon étaient attachés quatre grands
rideaux en velours noir, semé de fleurs de lis et larmes
brodées de cablés, de glands et de franges en argent, et
bordé d'une large bande d'hermine. En avant du catafalque, du côté du sanctuaire, étaient placés sur une cré-
dence le manteau royal avec les ordres, et sur un piédestal
drapé en velours le heaume à la royale, ou casque sur·
monté de la couronne en vermeil et pierreries, la cotte

d'armes en velours violet semé de fleurs de lis d'or, l'écu de France, or sur fond d'azur, les gantelets en vermeil doublés de satin cramoisi, et les grands éperons d'or garnis aussi de velours violet et brodés de fleurs de lis.

Sur le côté droit, près l'emmarchement du sanctuaire, était l'entrée du caveau royal; à droite et à gauche de l'emmarchement s'élevaient sur de grands socles deux colonnes de feu surmontées de deux croix resplendissantes; elles annonçaient l'entrée du sanctuaire, au fond duquel était érigée derrière le maître autel la croix ardente de plus de cinquante pieds de haut et entièrement couverte de lumières. Entre ce luminaire et celui dont nous avons parlé, quarante-huit lampes sépulcrales en bronze doré supportant plus de deux mille lumières, étaient suspendues à la voûte, et complétaient la masse du feu qui devait éclairer cette importante et douloureuse cérémonie.

Toutes les dispositions de ces immenses travaux, dirigées par M. le baron de la Ferté, directeur des fêtes et cérémonies, avaient été exécutées d'après les dessins et sous la conduite de MM. Hittorff et Lecointe, architectes du roi [1].

Telle était la disposition de l'église de Saint-Denis. Le seul inconvénient qu'offrit cet appareil, disposé d'ailleurs avec magnificence, était d'intercepter la circulation de l'air, et de mettre dans une situation pénible une foule de personnes qui, des tribunes, ne voyaient le grand spectacle de cette solennité qu'à travers un nuage de fumée.

Le service d'inhumation a eu lieu le 25 octobre. La basilique, remplie de bonne heure par le grand nombre de personnes invitées, a reçu successivement les grands

(1) Description officielle, *Moniteur* du 26 octobre 1824.

dignitaires, les fonctionnaires publics et les princes de la famille royale.

On a vu arriver d'abord les grands-officiers de la couronne, de la maison du roi et autres ayant des fonctions dans la cérémonie.

Venaient d'abord le roi d'armes adjoint et les hérauts d'armes.

M. le vicomte Roussel d'Hurbal, M. le comte de Saint-Chamans, gentilshommes de la chambre du roi.

M. le comte de Pradel, premier chambellan, maître de la garde-robe.

M. le duc d'Aumont, premier gentilhomme de la chambre de S. M.

M. le prince de Talleyrand, grand chambellan, portant la bannière de France.

M. le duc d'Uzès, pair de France, nommé par le roi pour faire les fonctions de grand-maître de France, S. A. R. monseigneur le duc de Bourbon ayant dû paraître à la cérémonie comme prince du grand deuil. Il portait le bâton haut élevé, et était précédé de M. le comte de Cossé, premier maître de l'hôtel; de M. le marquis de Mondragon, de M. le vicomte Hocquart, chambellans de l'hôtel, et des maîtres de l'hôtel portant leurs bâtons auxquels était attaché un crêpe.

M. le duc de Polignac, premier écuyer de S. M., nommé par le roi pour faire les fonctions de grand écuyer de France, portait l'épée royale attachée à un baudrier de velours violet, et précédé de M. le vicomte de Saint-Priest, désigné par S. M. pour faire les fonctions de premier écuyer-tranchant porte-cornette blanche portant le pennon [1]; de M. le marquis de Vernon, premier officier

(1) Ancienne bannière sous laquelle se rangeaient tous les commensaux de la maison du roi.

de la maison du roi, désigné pour faire les fonctions de premier écuyer, portant le heaume du roi ; de M. le vicomte de Bongars, écuyer cavalcadour, portant l'écu du roi ; de M. le marquis de Rivière, écuyer cavalcadour, portant la cotte d'armes du roi ; M. le marquis de Fresne, écuyer ordinaire, portant les gantelets, et de M. le comte de Peyrelongue, écuyer ordinaire du roi, et de service auprès de la grande écurie, portant les éperons de S. M.

M. le maréchal duc de Raguse, major-général de la garde royale, précédé d'un officier supérieur et d'un officier portant le drapeau de cette garde couvert de crêpe.

M. le duc de Mortemart, précédé d'un lieutenant et de l'officier porte-drapeau de la compagnie des gardes à pied ordinaires du corps du roi, portant le drapeau de cette compagnie couvert de crêpe.

MM. les ducs de Luxembourg, de Mouchy, de Grammont et de Havré, capitaines des gardes-du-corps du roi, précédés de quatre lieutenans et de quatre porte-étendards, ces derniers portant chacun l'étendard respectif de leur compagnie couvert de crêpe.

Toutes ces personnes, après s'être avancées dans le chœur, et après avoir salué l'autel et le corps du roi, se sont rendues auprès du catafalque, où se trouvaient déjà rangés six gardes de la manche, et ont pris séance en arrière du catafalque.

Sont arrivées successivement les députations de la cour de cassation, du conseil royal de l'instruction publique, de la cour des comptes, de la cour royale, du corps municipal de Paris, auquel s'est adjointe celle du corps municipal de Saint-Denis, du tribunal civil de la Seine, auquel s'est adjoint le juge de paix de l'arrondissement de Saint-Denis, et du tribunal de commerce de Paris, qui ont été conduits à leurs places avec le cérémonial accoutumé.

A onze heures sont venus prendre séance le corps diplomatique, MM. les pairs de France, MM. les députés des départemens venant individuellement, MM. les chevaliers des ordres, MM. les grand'-croix de l'ordre royal et militaire de Saint-Louis et de la Légion-d'Honneur, MM. les officiers-généraux de terre et de mer. MM. les officiers supérieurs et officiers non supérieurs étaient déjà venus, ainsi que les différens états-majors, occuper les places qui, par ordre du roi, leur étaient réservées.

M. le comte de Villèle, président du conseil ; M. le comte de Peyronnet, garde des sceaux, ministre secrétaire-d'état de la justice ; M. le comte Corbière, ministre secrétaire-d'état de l'intérieur ; M. le baron de Damas, ministre secrétaire-d'état des affaires étrangères ; M. le marquis de Clermont-Tonnerre, ministre secrétaire-d'état de la guerre ; M. le comte Chabrol de Crousol, ministre secrétaire-d'état de la marine.

Sont venus occuper les stales basses en face des princes, MM. les maréchaux de France.

A onze heures et demie, les princes du grand deuil, qui étaient descendus à l'abbaye, ont fait leur entrée dans l'église par la grande porte.

Monseigneur le dauphin et monseigneur le duc d'Orléans, arrivés dans le chœur, ont salué l'autel et le corps du feu roi, et sont allés prendre leurs places.

Les quatre personnes désignées pour porter les coins du poële funèbre se sont rangées aux quatre angles du catafalque.

Madame la dauphine, S. A. R. madame la duchesse d'Orléans, les princes et princesses ses enfans, et S. A. R.

mademoiselle d'Orléans, arrivés un peu avant les princes du grand deuil, avaient été conduits dans la tribune de madame la dauphine construite du côté de l'épître.

Une salve d'artillerie, à laquelle a répondu une décharge de mousqueterie de toute la garnison, a annoncé le commencement de la cérémonie funéraire.

Aussitôt après l'arrivée des princes, M. le grand-aumônier de France a commencé la messe solennelle; après l'évangile on a vu paraître dans la chaire de vérité M. l'évêque d'Hermopolis, chargé par S. M. de faire l'oraison funèbre du roi défunt.

A la fin de l'oraison funèbre, une nouvelle salve d'artillerie et une nouvelle décharge de mousqueterie se sont fait entendre. La messe a continué.

Au moment de l'offrande un nouveau cérémonial a frappé l'attention, et excité l'édification des assistans.

Le roi d'armes adjoint a quitté sa place, s'est porté vers les marches du sanctuaire, a salué l'autel, le corps du roi, le clergé, les princes, le corps diplomatique, les pairs chargés de porter les insignes de la royauté, la cour de cassation, la cour des comptes, le conseil royal de l'instruction publique, la cour royale, le corps municipal, le tribunal civil et le tribunal de commerce, est monté au sanctuaire, et est allé près de l'autel prendre des mains de MM. les chanoines du chapitre de Saint-Denis un cierge à poignée de velours noir chargé de treize pièces d'or. Il s'est placé ensuite au bas de la dernière marche de l'autel du côté de l'épître.

Le grand-maître des cérémonies de France a quitté sa place, a fait tous les saluts indiqués, auxquels il a été répondu par un salut de chacun des princes, et par celui des ambassadeurs et de chacune des députations.

Ensuite, se rapprochant de la personne de M. le dauphin, il est venu l'avertir par une profonde inclination que c'était le temps d'aller à l'offrande.

M. le dauphin, sortant de sa place, a fait les mêmes saluts que le grand-maître des cérémonies qui se tenait près de lui à sa gauche, est allé à l'offrande, s'est mis à genoux sur un carreau de velours noir devant l'officiant, a baisé son anneau, et lui a remis le cierge de l'offrande que le grand-maître des cérémonies lui avait présenté après l'avoir reçu du roi d'armes. M. le dauphin, se relevant, a fait une inclination à l'officiant; puis, descendu au bas du sanctuaire, a salué l'autel et le corps du roi, et est retourné à sa place.

Un héraut d'armes a recommencé les mêmes saluts.

M. le marquis de Rochemore les a répétés; ensuite M. le duc d'Orléans a quitté sa place, et est allé à l'offrande avec le même cérémonial que M. le dauphin.

La messe a continué: au *Sanctus*, douze pages du roi, conduits par leur gouverneur, sont revenus de la sacristie où ils étaient allés chercher des flambeaux; ils ont salué l'autel et le corps du roi, se sont mis à genoux sur les premières marches du sanctuaire, et ne se sont retirés qu'après la communion.

La messe finie, le célébrant et les quatre prélats, désignés par le roi à cet effet, se sont approchés du catafalque. Ces prélats étaient M. de Latil, archevêque de Reims; M. de Chabons, évêque d'Amiens; M. de Forbin-Janson, évêque de Nancy; M. de la Châtre, évêque d'Iméria.

La musique a chanté le *De profundis* et le *Libera*, pendant lesquels les cinq prélats ont fait l'un après l'autre les absoutes et aspersions.

Après les absoutes, M. le grand-aumônier s'est rendu au caveau de la sépulture; les quatre autres prélats et le clergé se sont placés au bas des marches du sanctuaire.

M. le marquis de Brézé a été lever la couronne qui était posée sur le catafalque, et l'a portée sur un carreau de velours, couvert de crêpe, à M. le duc de la Tremoille.

M. le marquis de Rochemore a pris le sceptre, et l'a porté, sur un pareil carreau, à M. le duc de Chevreuse.

M. le baron de Saint-Félix a pris la main de justice, et l'a porté aussi sur un carreau de velours, à M. le duc de Brissac.

Ensuite le grand-maître et le maître des cérémonies de France ont levé le poêle de la couronne; M. le chancelier, M. Rave, M. le premier président de la cour de cassation, et le maréchal duc de Conégliano ont pris les coins du poêle depuis le catafalque jusqu'au caveau.

Douze gardes-du-corps ont porté le cercueil, qui a été descendu par eux dans la tombe royale.

Le prélat officiant a fait les cérémonies et prières d'usage, à la fin desquelles il a jeté sur le corps une pelletée de terre et l'eau bénite, disant : *Requiescat in pace.*

Un aide des cérémonies est allé avertir M. le duc d'Uzès, faisant les fonctions de grand-maître de France, pour qu'il se rendît au caveau où il s'est assis sur un siége à l'opposé du prélat officiant.

Le roi d'armes est allé seul au caveau, a jeté dans la tombe son caducée, s'est dépouillé de sa toque et de sa cotte d'armes qu'il y a jetées également, a reculé d'un pas, et a crié à haute voix : *Hérauts d'armes de France venez faire vos charges !*

Les hérauts d'armes, marchant les uns après les autres, ont jeté leurs caducées, leurs toques et leurs cottes d'armes dans la tombe, et se sont retirés à leurs places, à la réserve de deux, dont l'un est descendu dans le caveau pour placer les honneurs sur le corps, et l'autre s'est mis sur les premiers degrés pour recevoir les honneurs et les passer à celui qui se tenait sur les marches.

Le roi d'armes a commencé à appeler les honneurs et a dit : « M. le maréchal duc de Raguse, major-général de la garde royale, apportez le drapeaux de la garde royale. »

Alors M. le maréchal s'est levé de sa place, a pris le drapeau des mains de l'officier porte-drapeau, s'est avancé, a salué successivement l'autel et les deux princes. Arrivé près du caveau, il l'a salué profondément, a remis son drapeau au roi d'armes placé sur les degrés du caveau ; celui-ci l'a remis à l'autre héraut ; M. le maréchal s'est ensuite retiré en saluant l'autel et les princes, et est allé reprendre sa place.

Le roi d'armes a ensuite dit : « M. le duc de Mortemart, capitaine-colonel des gardes à pied ordinaires du roi, apportez l'enseigne de la compagnie dont vous avez la charge. »

M. le duc de Mortemart s'est levé, et a porté le drapeau à la tombe, comme l'avait fait M. le major-général de la garde royale.

Le roi d'armes a continué et a dit : « M. le duc de Luxembourg, capitaine d'une des compagnies des gardes-du-corps du roi, apportez l'enseigne de la compagnie dont vous avez la charge. »

L'étendard a été porté et descendu au caveau avec les mêmes honneurs et les mêmes cérémonies que les précédens.

Le roi d'armes a appelé de même M. le duc de Mou-chy, M. le duc de Grammont, M. le duc d'Havré, qui ont porté leurs étendards à la tombe royale, où il a été reçu de la même manière.

Le roi d'armes a appelé les autres honneurs dans l'ordre suivant :

M. le comte de Peyrelongue, écuyer ordinaire de S. M., apportez les éperons du roi.

M. le marquis de Fresne, écuyer ordinaire de S. M., apportez les gantelets du roi.

M. le chevalier de Rivière, écuyer cavalcadour de S. M., apportez l'écu du roi.

M. le vicomte de Bongars, écuyer cavalcadour de S. M., apportez la cotte d'armes du roi.

M. le marquis de Vernon, faisant les fonctions de pre-mier écuyer, apportez le heaume du roi.

M. le vicomte de Saint-Priest, faisant les fonctions de premier écuyer tranchant, apportez le pennon du roi.

M. le duc de Polignac, faisant les fonctions de grand-écuyer de France, apportez l'épée royale.

M. le prince de Talleyrand, grand chambellan de France, apportez la bannière.

Ces honneurs ont été apportés et descendus dans le caveau avec les cérémonies indiquées ci-dessus à l'excep-tion de l'épée et de la bannière de France; l'épée royale a été présentée au caveau seulement par la pointe, et la bannière par son extrémité.

Le roi d'armes, reprenant la parole, a dit : « M. le duc d'Uzès, faisant les fonctions de grand-maître de France, venez faire votre office. »

Alors les maîtres de l'hôtel, les chambellans de l'hô-tel, et le premier maître de l'hôtel, se sont approchés

du caveau, ont rompu leurs bâtons, les y ont jetés et
sont retournés à leurs places.

Le roi d'armes a appelé les personnes portant les insignes de la royauté en disant : « M. le duc de Brissac,
apportez la main de justice; M. le duc de Chevreuse,
apportez le sceptre ; M. le duc de la Tremouille, apportez
la couronne. »

Ces trois insignes ont été descendus dans le caveau
par les hérauts d'armes, ainsi que l'avaient été les drapeaux et enseignes.

M. le duc d'Uzès a mis le bout du bâton de grand-
maître de France dans le caveau, en disant à haute voix :
Le roi est mort! Le roi d'armes a reculé trois pas en
arrière, et a répété à haute voix : *Le roi est mort! le
roi est mort! le roi est mort!* Puis, se retournant vers
l'assemblée, il a dit : *Prions tous Dieu pour le repos de
son âme.*

A ce moment, le clergé et tous les assistans se sont
précipités à genoux, ont fait une prière, et se sont
relevés.

M. le duc d'Uzès a retiré son bâton du caveau, l'a re-
levé, et a crié : *Vive le roi !*

Le roi d'armes a répété : « Vive le roi ! vive le roi !
vive le roi Charles, dixième du nom, par la grâce de
Dieu, roi de France et de Navarre, très-chrétien, très-
auguste, très-puissant, notre très-honoré seigneur et
bon maître, à qui Dieu donne très-longue et très-heu-
reuse vie ! criez tous, VIVE LE ROI ! «

Les assistans ont répondu généralement : *Vive le roi!*

Le plus ancien des hérauts d'armes, qui était sur une
estrade devant la tribune de l'orgue, a crié à toutes les
personnes étant de la nef: *Vive le roi!*

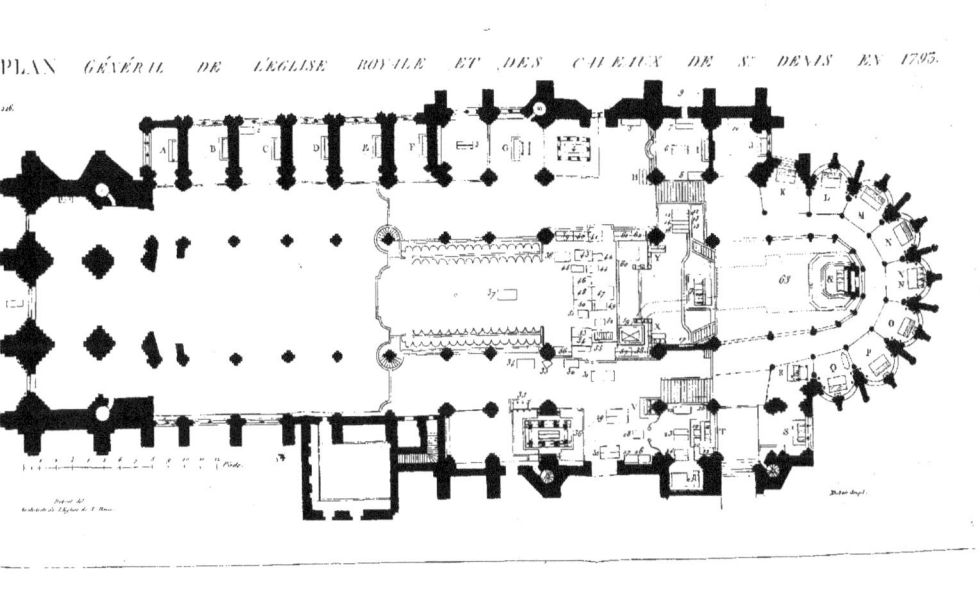

Aussitôt les trompettes, les tambours, les fifres et les instrumens se sont fait entendre ; leur son éclatant a été couvert par les acclamations prolongées de l'assemblée entière. Les cris de *vive le roi ! vive Charles X !* ont retenti long-temps dans la basilique où reposaient les restes de Saint-Louis, où reposent ceux de ses augustes descendans.

A cet élan des espérances publiques a succédé le retour de pieux et lugubres devoirs ; la tombe s'est refermée sur les dépouilles mortelles du monarque, qu'à son retour de la terre d'exil ses sujets, rendus au bonheur, ont salué du nom de LOUIS-LE-DÉSIRÉ, et qui a réconcilié deux fois son peuple avec l'Europe.

Ce cérémonial imposant étant terminé, les princes ont été reconduits à leurs appartemens dans l'abbaye par le grand-maître, le maître et les aides de cérémonies, précédés du roi d'armes et des hérauts d'armes qui avaient repris leurs toques, leurs cottes-d'armes et leurs caducées. La foule s'est ensuite lentement écoulée.

Telles sont, jusqu'à ce jour, la situation et l'histoire de la basilique de Saint-Denis. Nous allons maintenant nous occuper des catacombes.

CATACOMBES DE PARIS.

HISTORIQUE DES CATACOMBES.

Il y a trente ans, le mot de *catacombes* était encore un mot inconnu pour la plupart des Parisiens. Quelques hommes instruits savaient seulement que les *catacombes* étaient de vastes souterrains situés sous la ville de Rome, et formés par l'extraction des pierres employées dans la construction de cette ville célèbre. Mais la masse du peuple parisien était loin de se faire une idée de ces sortes de monumens; et, quoique leur ville même fût bâtie sur des cavités semblables à celles de Rome, il a fallu une circonstance toute nouvelle pour les leur faire connaître, et les engager à les visiter.

Les savans eux-mêmes n'étaient point d'accord sur l'usage auquel avaient pu être consacrées les catacombes romaines. Tous convenaient bien qu'elles devaient leur origine au besoin d'extraire du sein de la terre les pierres et autres matériaux propres à élever des édifices sur sa surface. Mais les récits des voyageurs, et ce qu'en disent les auteurs anciens qui en ont parlé laissaient en litige la question de leur destination ultérieure. On savait que ces antiques carrières ou catacombes contenaient une immense et surprenante quantité d'ossemens. Les auteurs chrétiens prétendaient que les fidèles des premiers temps du christianisme, pendant les cruelles persécutions auxquelles ils furent si long-temps exposés, se retirèrent dans cette espèce de Rome souterraine pour y célébrer leurs saints mystères. Ils prétendaient en outre que, lorsque la mort venait à les frapper, leurs amis ou leurs frères se faisaient un devoir religieux de les inhumer dans ces lieux consacrés. Ils y déposaient aussi les restes de ceux qui, confessant courageusement le nom de Jésus-Christ, périssaient martyrs de la foi. Ces traditions, qui s'étaient transmises de siècle en siècle parmi les catholiques, inspiraient un grand respect pour les catacombes; et les papes, qui y ont successivement puisé la plupart des reliques dont ils ont inondé le monde chrétien, les avaient prises sous leur protection spéciale, et les recommandaient à la dévotion des fidèles, comme un lieu sanctifié par la présence d'un grand nombre de saints et de martyrs.

On resta long-temps sans élever le moindre doute sur ces traditions respectables, et les catacombes de Rome étaient considérées comme le monument le plus vénérable du christianisme. Mais, quand l'église eut vu une partie de ses enfans s'éloigner de son sein, bientôt les protestans, les premiers, se permirent de discuter l'authenticité de cet immense dépôt de reliques amoncelées dans les souterrains ou catacombes de Rome. Lorsque ensuite des voyageurs instruits et des artistes eurent visité avec un esprit d'observation plus désintéressé ces monumens extraordinaires, on commença en effet à douter que la masse énorme d'ossemens qui y est rassemblée pût appartenir aux seuls chrétiens. On consulta les anciens auteurs, on se rappela que chez les Romains l'usage de brûler les corps n'était pas universel, et que beaucoup d'entre eux

avaient la coutume de se faire enterrer à notre manière.
Ces réflexions engagèrent les savans à faire, dans ces demeures ténébreuses, des recherches moins superficielles.
Le résultat de ces vérités intéressantes a été la découverte
d'une foule de tombeaux magnifiques, appartenant à des
noms romains bien connus, et dans la construction desquels le marbre, le porphyre et autres matières semblables
avaient été prodigués. On y reconnut des inscriptions en-
tières; des peintures à fresque très-bien conservées, dont
les sujets parurent même les types de plusieurs tableaux
des maîtres italiens, et l'on se convainquit que les catacombes n'avaient pas seulement été consacrées à la sépulture des chrétiens, mais qu'elles étaient comme le
cimetière général de la ville de Rome, où les grands et
les petits venaient tour à tour s'engloutir après s'être
agités plus ou moins long-temps sur la surface de cette
cité populeuse.

Nous avons cru devoir donner une notion des catacombes de Rome avant de commencer la description de
celles de Paris ; car, nous n'en doutons point, c'est la
connaissance que l'on avait de ces catacombes qui a
inspiré aux administrateurs de la ville de Paris l'idée de
faire servir à un usage à peu près semblable les immenses
carrières qui s'étendent sous les faubourgs Saint-Germain
et Saint-Jacques.

Devenues, depuis près de trente ans, le dépôt central
de tous les cimetières de la capitale, les catacombes parisiennes sont, ainsi que nous l'avons déjà indiqué, res-
tées long-temps inconnues, et le plus grand nombre des
habitans de cette ville ignoraient même qu'il existât un
monument où se trouvaient rassemblés, sous les aus-
pices de la religion et de la philanthropie, les restes de

leurs ancêtres. Ce n'est que depuis quelques années que
les catacombes sont visitées, et qu'on les regarde comme
un des monumens les plus curieux et les plus intéressans
de la capitale. Une brochure publiée en 1810 pour les
faire connaître, par M. Héricart de Thury, ingénieur en chef
au corps royal des mines, et inspecteur-général des travaux
souterrains du département de la Seine, c'est-à-dire, des
catacombes, commença d'abord à stimuler la curiosité
publique, à porter vers ce nouvel objet l'attention des
Parisiens et celle des étrangers. Plusieurs articles qui
parurent ensuite dans les journaux, et qui, en rendant
compte de la brochure de M. de Thury, firent à leur
manière la description des catacombes, achevèrent de
révéler l'existence de ce monument, et contribuèrent à
exciter le désir de le connaître et de le visiter.

Les catacombes n'étant plus ignorées des Parisiens, et
ayant même acquis de la célébrité dans les pays étrangers
à cause du grand nombre de curieux de toutes les nations
qui les ont visitées à la suite des événemens politiques
de 1814 et 1815, nous croyons faire une chose agréable au
public, en joignant ici à notre description des cimetières
de Paris, et à celle des sépultures royales de Saint-Denis,
un tableau succinct et exact de ce vaste monument souterrain, élevé par la piété des vivans à la mémoire des
morts. Nous prendrons pour guide l'ingénieux décorateur
de ce tombeau, M. Héricart de Thury, dont le zèle in-
fatigable et les talens distingués méritent la reconnaissance
de tous les bons citoyens, que l'on peut regarder comme
le créateur des catacombes, et qui a publié, en 1815, un
grand et excellent ouvrage, intitulé : *Description des
catacombes de Paris*, etc. Nous ne pouvions point choisir
un meilleur modèle, et nous nous empressons d'annoncer

d'avance que c'est à lui que nous devons à peu près tout ce que contient notre propre description.

Nous avons déjà indiqué les causes qui engagèrent la police sanitaire de la capitale à supprimer les anciens cimetières situés tous dans l'enceinte même et au milieu de la ville. L'insalubrité de ces sortes de dépôts mortuaires, l'effet dangereux que produisaient souvent sur les vivans les odeurs putrides qui s'en exhalaient ; l'espèce de dégoût qu'inspirait même la vue continuelle de ces cimetières aux habitans qui en étaient voisins ; toutes ces causes réunies déterminèrent le gouvernement à prendre des mesures propres à faire cesser les maux qu'on attribuait à leur proximité.

Le cimetière des Innocens, le plus vaste de tous, et placé dans le quartier le plus populeux de Paris, était principalement celui qui excitait le plus de réclamations, et causait le plus d'inconvéniens. Pour ainsi dire aussi ancien que la ville elle-même, il avait commencé dans un temps où les prêtres chrétiens, trop voisins des usages de Rome, n'avaient point encore introduit celui d'enterrer les vivans au milieu des lieux habités, et resta hors de Paris tant que l'enceinte de cette ville ne dépassa pas les deux rives de la Seine. Pendant plusieurs siècles, il fut seul consacré à l'inhumation des Parisiens, et s'appelait alors les *Champeaux* ou *Petits-Champs;* car telle était l'incurie dans ces temps barbares, qu'il n'était pas même entouré de murs, et que rien ne le distinguait du reste de la campagne.

Paris commençant à s'agrandir, sur la rive droite de la Seine, Philippe-Auguste, blessé de l'indécence qu'offrait ce cimetière, privé de clôture et ouvert continuellement au passage d'une population nombreuse, qui se

portait aux halles et marchés établis dans le voisinage,
le fit enceindre de murs en 1186, et y fit construire plusieurs portes qu'on fermait tous les soirs; car, au rapport des historiens, l'immoralité des Parisiens de cette
époque était si grande, que leur unique cimetière était
devenu un rendez-vous de débauche et de prostitution.

Cependant tel était le prompt accroissement de la
capitale, que ce cimetière devint bientôt insuffisant, et
que Pierre de Nemours, évêque de Paris, en 1218, le
fit agrandir en y joignant une vaste place qui lui appartenait. Il fit en outre exhausser les murailles qu'avait fait
élever Philippe-Auguste, et le rendit enfin tel qu'il était
au moment de sa suppression et de sa conversion en place
publique.

Ce cimetière qui pendant si long-temps avait été le
seul en usage à Paris, qui, depuis le commencement de
la monarchie jusqu'en 1785, avait servi seul à l'inhumation de vingt paroisses de la capitale, causait déjà
des inquiétudes en 1554. Fernel et Houllier, médecins
illustres de cette époque, adressèrent même au gouvernement une requête pour demander sa suppression. Mais
ce fut en vain; l'opposition des prêtres et l'espèce de
vénération que la classe superstitieuse du peuple avait
pour ce lieu sacré à ses yeux, empêchèrent d'en opérer
l'évacuation.

En 1725, 1734, 1737, 1746, 1755, les habitans des
quartiers voisins de cet immense cimetière firent successivement des réclamations pour le même objet, mais toujours aussi infructueusement. Les accidens se multipliaient
autour de ce foyer de putréfaction, et cependant les
prêtres, par un motif intéressé, s'opposaient avec obsti-
nation aux mesures proposées pour les faire disparaître.

5.

Enfin , en 1780, de nouveaux accidens, arrivés dans plusieurs caves voisines d'une fosse récemment ouverte , et destinée à contenir deux mille cadavres [1], effrayèrent tellement les habitans du voisinage, qu'ils se réunirent tous, et signèrent collectivement une supplique adressée à M. Lenoir, lieutenant de police, en constatant les dangers dont ils étaient menacés par ce foyer de corruption, *dans lequel*, disaient-ils, *le nombre des corps déposés, excédant toute mesure, et ne pouvant se calculer, en avait exhaussé le sol de plus de huit pieds au-dessus des rues et des habitations voisines.*

En effet, la quantité de corps déposés dans ce cimetière était immense. Le dernier fossoyeur en chef, un nommé François Poutrain , dans l'espace de trente années seulement, en avait inhumé plus de quatre-vingt-dix mille, ce qui faisait trois mille par chaque année. Or , en supputant depuis l'an 1186 , dans l'espace de six siècles , et ne portant les inhumations qu'à deux mille par chaque année, on compterait un million deux cent mille corps , aperçu effrayant et bien au-dessous de la réalité , puisque nous avons vu que ce cimetière existait plusieurs siècles avant Philippe-Auguste, et servait seul alors à la ville de Paris.

(1) Au mois de juillet 1780 , un habitant de la rue de la Lingerie , dont la maison était contiguë au cimetière des Innocens, descendant dans sa cave, fut frappé d'une odeur si insupportable qu'il ne put y pénétrer. Des personnes plus courageuses, ayant pris diverses précautions, y entrèrent, et reconnurent que, le mur ayant cédé à l'effort des terres , des cadavres corrompus s'étaient éboulés dans cette cave; la police défendit aux journaux de parler de cet événement. Des médecins furent envoyés (Dulaur. *Hist. de Paris*, deuxième édition, tom. VIII, p. 352.)

Qu'on juge quelle devait être l'épouvantable putréfaction régnant dans cet abîme de la mort. Le cimetière
était composé de différentes fosses extrêmement profondes, qui s'ouvraient à des époques fixées, et dans
lesquelles on déposait les uns sur les autres les cadavres.
Il était entouré d'une galerie voûtée qui s'appelait le
grand charnier des Innocens, et qui avait été construite,
à diverses époques, par différens bourgeois de Paris,
dont elle portait les noms ou les armes.

Le gouvernement prit enfin en considération les réclamations des habitans des halles, appuyées en 1783 par
un mémoire de l'Académie des Sciences sur le même
objet; et, le 9 novembre 1785, le conseil d'état rendit
un arrêt qui ordonnait la suppression de ce cimetière, et
son changement en place publique. Cet arrêt fut con-
firmé l'année suivante, le 16 novembre 1786, par M. de
Juigné, archevêque de Paris.

Aussitôt M. de Crosne, successeur de M. Lenoir,
nomma commissaires de cette grande entreprise MM. le
duc de la Rochefoucauld, de Lassonne, Poultier, de la
Salle, Geoffroy, Desperrières, Colombier, de Horne,
Vicq-d'Azyr, Fourcroy, et Thouret, qui nous a laissé sur
cette opération un mémoire extrêmement intéressant.

Cependant, avant de la commencer, il était urgent
de disposer un local propre à recevoir cette immense
quantité de cadavres qu'on allait fouiller. Dès 1780, au
moment de la dernière réclamation, M. Lenoir avait indiqué les anciennes carrières situées sous le faubourg Saint-
Germain, comme étant le lieu le plus favorable pour
ervir en cette circonstance de dépôt central. M. de
Crosne, son successeur, s'empressa de suivre son idée,
et il ordonna à M. Charles Alex. Guillaumot, inspecteur-

général des carrières, de s'occuper de préparer ce local, en même temps qu'on allait travailler à déblayer le cimetière des Innocens.

Heureusement les carrières, ainsi désignées pour devenir les catacombes parisiennes, étaient déjà, pour ainsi dire, en état de servir à ce nouvel usage ; elles n'attendaient plus que les réparations indispensables : creusées dans les temps les plus éloignés de la monarchie, ces carrières avaient été pratiquées alors que, Paris étant moins grand, ses habitans prenaient, pour bâtir, les matériaux qui se trouvaient sous leurs mains. Les faubourgs Saint-Jacques et Saint-Germain étaient, dans ces temps reculés, couverts de bois et de prairies, et c'est surtout dans ces cantons que les Parisiens avaient leurs carrières. Par la suite des siècles leur ville s'agrandit, et l'on bâtit des maisons sur ces anciennes cavités sans trop songer aux dangers qui pouvaient en résulter.

Mais plusieurs accidens ayant eu lieu en 1774 et 1776, par suite de l'abaissement des voûtes de ces carrières, qui entraînèrent dans leur écroulement quelques maisons, la police fut obligée de venir au secours des Parisiens. Elle nomma des commissaires chargés de visiter ce souterrain percé de mille cavités. Il était dans un état déplorable, et menaçait ruine de toutes parts. On commença, en 1777, d'immenses travaux pour étayer ces voûtes chancelantes. On construisit des murs et contre-murs qui, répondant aux rues situées sur la surface, ont enfin rendu solide ce terrain dont l'écroulement spontané pouvait tout à coup engloutir plus de cent mille Parisiens.

Le local indiqué dans ces carrières par M. Lenoir, était un de ceux où ces travaux étaient le moins avancés, situé dans la plaine de *Mont-Souris*, sous l'ancienne route d'Orléans, dite la *Voie Creuse*. Il avait été négligé à cause de son éloignement même des endroits habités. Mais aussitôt que le choix de M. de Crosne eut été fixé, M. Guillaumot mit une telle activité dans ses opérations de consolidation, qu'elles furent terminées en temps convenable.

Pour servir de principale entrée aux catacombes, on fit acquisition d'une maison qui se trouvait à côté, et qui s'appelait *tombe Isoire* ou *Isouard*, du nom d'un fameux brigand qui, dit-on, avait été tué et enterré dans ce lieu. On y pratiqua un escalier propre à descendre dans l'intérieur des catacombes, en maçonnerie, et un puits pour y jeter les ossemens. Le 7 avril 1786, l'enceinte des catacombes fut bénie et consacrée en grande pompe par le clergé de Paris; et, le lendemain, on commença le transport du cimetière des Innocens; car, déjà depuis plusieurs mois, on s'occupait de fouiller ce vaste dépôt de morts.

« Aucune espèce d'entreprise sur un sol pareil ne pouvait paraître praticable, dit M. Thouret dans le mémoire dont nous avons déjà parlé. Cependant l'excès du mal inspira assez de courage pour oser tenter d'y remédier........ L'opération, une fois commencée, ne pouvait ni ne devait être suspendue; il fallait la suivre rapidement. Les chaleurs cependant survinrent, et l'on se vit forcé d'abandonner les travaux. L'année suivante, la même difficulté se présenta; mais les mesures furent si bien prises qu'il ne résulta aucun inconvénient de cette suspension momentanée. En général, le plan fut exécuté ainsi qu'il avait été adopté; et, malgré la perplexité et les dangers de l'opération, on sut agir avec la plus grande activité et sans aucun désordre, multiplier les ouvriers,

néanmoins prévenir tout scandale, fouiller et rechercher
successivement toutes les fosses, et en même temps conserver les antiquités curieuses et les monumens intéressans
dont le terrain était couvert; enfin transporter d'une
part, dans les cimetières en activité, les corps non dé-
composés ou ensevelis récemment, tandis que d'autre
part on recueillait successivement toutes les dépouilles
sèches ou les ossemens qui, depuis tant de siècles,
extraits et retirés de ce goufre pour en céder la place à
de nouvelles générations déjà éteintes à leur tour, s'en-
tassaient successivement sous les portiques, les arcades,
les caveaux, les charniers et même les combles ou
terrasses des chapelles sépulcrales et autres monumens
funéraires.

« Le plus grand ordre, ajoute M. de Thury, qui cite
aussi ce passage de M. Thouret, le plus grand ordre n'a
jamais cessé de régner dans les travaux dont les dispositions formaient souvent l'ensemble le plus pittoresque.
Le plus grand nombre de flambeaux et de cordons de
feux allumés de toutes parts, et répandant une clarté
funèbre dont les reflets agités se perdaient à travers les
objets environnans; l'aspect des croix, des tombes, des
squelettes; le silence de la nuit, le nuage épais de fumée
qui voilait le lieu du travail, et au milieu duquel les
ouvriers, dont on pouvait distinguer les opérations, semblaient se mouvoir comme des ombres; ces ruines variées
qu'offraient les démolitions des édifices; le bouleverse-
ment du sol par les exhumations, tout donnait au lieu
de la scène un aspect à la fois imposant et lugubre [1].

(1) Plusieurs scènes qu'ont offertes ces travaux ont été rendues
avec la plus grande expression et l'harmonie la plus sentimentale,

« Les cérémonies religieuses ajoutaient encore à ce spectacle. Le transport des cercueils, la pompe qui, pour les sépultures les plus distinguées, accompagnait ces déplacemens, les chars funèbres et les catafalques ; ces longues suites de chariots funéraires chargés d'ossemens, et s'acheminant lentement au déclin du jour vers les nouvelles catacombes préparées hors des murs de la ville pour y déposer ces tristes restes ; l'aspect de ces vastes souterrains, ces voûtes épaisses qui semblent les séparer du séjour des vivans, le recueillement des assistans, la sombre clarté du lieu, son silence profond, l'épouvantable fracas des ossemens desséchés, précipités et roulant avec un bruit que répétaient au loin les voûtes : tout retraçait dans ces momens l'image de la mort, et semblait offrir aux yeux le hideux spectacle de la destruction [1]. »

Cette fouille horrible de débris humains n'a point été négligée sous le rapport de la science. MM. Thouret et Fourcroy profitèrent de cette circonstance pour observer, avec toute l'attention dont ils étaient capables, les différens périodes de la décomposition des corps.

Jamais ces illustres chimistes n'ont mieux mérité de la science que dans cette circonstance, où, pour son intérêt, ils surmontèrent le dégoût que devaient leur inspirer ces pénibles et repoussantes recherches.

Le résultat de leurs observations a été d'apprendre que

par M. Robert, peintre du roi, et d'autres artistes de la première réputation.

(1) On lit, dans l'Histoire de Paris de M. Dulaure, que, malgré toutes les précautions apportées dans la translation des ossemens, elle causa des maladies aux habitans des rues par où les voitures passaient. (tom. VIII, p. 353.)

la décomposition des corps se faisait de trois manières.

La première est la *destruction*. Toutes les matières humaines se résolvent en gaz, et les os eux-mêmes, à la longue, tombent en poussière.

La seconde est la *transmutation des corps en momies grasses*. La condition de ce changement est le dégagement des gaz et leur réaction sur les parties molles. C'est particulièrement dans les grandes fosses communes que cet effet avait eu lieu. Les corps, qui étaient entassés là par milliers les uns sur les autres, avaient précisément toutes les conditions nécessaires pour réagir. Lors de l'ouverture de ces fosses, ils semblaient n'avoir rien perdu de leur volume, et n'avoir éprouvé aucune altération; mais, en les examinant avec attention, toutes les parties molles furent reconnues converties en une matière pulpeuse, souvent solide, d'une blancheur plus ou moins pure, onctueuse et savonneuse au toucher, se durcissant à l'air sec, se ramollissant à l'air humide, et, dit M. Fourcroy, assez semblable à du fromage passé. Dans cet état, qui est une espèce de momification, les corps sont susceptibles de se conserver. Le changement n'est pas seulement superficiel; il a lieu également dans toute l'épaisseur des chairs. Aucune des parties qui entrent dans la composition du corps humain n'est comparable à cette nouvelle production. C'est une matière qui se rapproche beaucoup par ses caractères du *blanc de baleine*, et qui a été désignée par les chimistes sous le nom d'*adipocire*.

On trouva des bancs entiers de cette matière qui avaient plus de trois pieds d'épaisseur; et, par l'effet de cette singulière facilité que l'homme a reçue de la nature pour s'habituer à toutes les émotions, MM. Fourcroy et Thouret virent souvent avec surprise les ouvriers assis, et prenant avec gaieté leurs repas sur ces bancs immenses de matières humaines décomposées. Il est vrai qu'ils ajoutent que ces matières n'avaient aucune odeur nauséabonde, et qu'elles sentaient seulement le renfermé.

Le troisième mode de la décomposition des corps est leur *conversion en momies fibreuses.* Elle a lieu par l'absorption trop rapide des fluides par les terres environnantes, par les sécheresses de celles-ci, rendue encore plus active par une exposition aux fortes ardeurs du soleil, par le défaut de dégagement des gaz des humeurs animales, et enfin par l'absence de leur réaction sur les corps.

Chacun de ces trois états peut présenter des variations, suivant que le dégagement des gaz est contrarié ou secondé par une foule de circonstances; mais les recherches les plus exactes ont constaté que les corps ne se réduisent point en matière terreuse, qu'ils ne sont point davantage sa pâture des vers; enfin que ceux-ci ne s'y développent que lorsqu'il y a exposition à l'air.

Les cadavres humains ne furent pas seuls enlevés du cimetière des Innocens pour être transportés aux catacombes. On enleva également tous les monumens funéraires que la piété avait fait ériger dans ce cimetière, tels que tombeaux, croix, cercueils en pierre ou en plomb, tables de marbre, de pierre, de plomb, de cuivre avec leurs inscriptions, etc., et ils furent réunis et rangés par ordre autour de la *tombe Isoire* dans un local disposé exprès et consacrés de même que les catacombes. Mais tous ces objets, qu'un culte religieux eût dû conserver, ont été dévastés en 1793, et la tombe Isoire, vendue comme bien national, est maintenant, après avoir changé dix fois de propriétaire en vingt ans, le lieu où un cabaretier a établi une guinguette. C'est ainsi que de nos jours le cimetière de Saint-Sulpice a été transformé en salle de danse, et qu'au-dessus de la belle inscription,

Has ultrà metas requiescunt beatam spem expectantes.

on lisait :

BAL DU ZÉPHIRE.

Le transport des ossemens du cimetière des Innocens fut effectué à quatre époques différentes pendant les années 1785, 1786, 1787 et 1788. Mais le succès même de cette entreprise ayant fait désirer de la renouveler dans tous les autres cimetières existans dans l'intérieur de Paris, et qui, de même que celui des Innocens, étaient encombrés, bientôt d'autres ossemens, descendus dans les catacombes, vinrent accroître ce nouveau magasin de la mort. On y transporta tous les débris humains découverts, en 1787, dans les deux cimetières de Saint-Eustache et de Saint-Etienne-du-Mont.

Jusque-là les catacombes n'avaient encore reçu que des corps qui déjà avaient joui des honneurs de la sépulture. Il était réservé à la révolution d'y faire descendre des corps nouvellement privés de la vie, et victimes de ses premières fureurs. En effet, plusieurs inscriptions, placées dans l'intérieur des catacombes, indiquent qu'à diverses époques de nos troubles civils, on y inhuma les citoyens qui périrent : 1°. aux combats de la place de Grève, de l'hôtel de Brienne et de la rue Meslay, chez le commandant du Guet, les 28 et 29 août 1788 ; 2°. au combat qui eut lieu, le 28 avril 1789, à la manufacture de papiers peints de M. Réveillon, faubourg Saint-Antoine ; 3°. au combat des Tuileries le 10 août 1792 ;

4°. aux massacres qui eurent lieu dans les prisons les 2 et 3 septembre 1792.

Tous ces malheureux, victimes de la fureur des partis, ont dû l'honneur de la sépulture à M. Guillaumot, alors inspecteur des carrières ; et M. Héricart de Thury, qui lui a succédé, leur a fait ériger un monument qui, pendant long-temps, n'a eu pour toute inscription que la date de leur mort, telle que nous venons de la rapporter, mais qui désormais offrira à la piété du voyageur cette épitaphe composée par M. Hezette, vicaire de Saint-Jacques-du-Haut-Pas, et gravée sur une table de marbre :

D. O. M.

PIIS MANIBUS CIVIUM
DIEBUS IIᵉ AC IIIᵉ SEPTEMBRIS
MDCCXCII
LUTETIÆ TRUCIDATORUM.

Hic palmam expectant cives, virtutis amore
Conspicui : cives patriæ, legumque Deique,
Cultores, diris heu ! tempestatibus acti,
Immoti tamen, ut scopuli, rectique tenaces
Infrenæ plebis deliramenta perosi.
Hos, dùm crudelis Discordia sceptra tenebat,
Hortatrix scelerum, contemptaque jura jacebant,
Sæva cæde, cohors furiis incensa peremit.
Siste gradum, inque pios fletus erumpe, viator,
Castas funde preces, et candida lilia sparge.

« Det illis Dominus invenire misericordiam
« à Domino illâ die.

« Paul. ii, *ad Thimoth.* i, 18. »

Un service solennel et expiatoire doit être, dit-on, désormais célébré tous les ans dans l'intérieur des catacombes, en l'honneur de ces victimes des discordes civiles.

Cependant la convention ayant décrété la suppression de tous les cimetières existant dans l'intérieur de Paris, on s'occupa, avec une nouvelle activité, de les fouiller tous pour en retirer les ossemens qu'ils renfermaient. On recommença, en 1792, cette grande opération sanitaire; et, depuis cette année jusqu'en 1800, on transporta successivement au dépôt central des catacombes les ossemens exhumés des cimetières de Saint-Landry, Saint-Julien-des-Menestriers, Sainte-Croix-de-la-Bretonnerie, du couvent des Bernardins et de Saint-André-des-Arcs; depuis 1800 jusqu'en 1808, ceux de Saint-Jean-en-Grève, du couvent des Capucines-Saint-Honoré, du couvent des Blancs-Manteaux, du Petit-Saint-Antoine, de Saint-Nicolas-des-Champs, de l'église du Saint-Esprit, et enfin du cimetière de Saint-Laurent. Depuis 1808 jusqu'en 1811 on y transporta les ossemens qui avaient échappé aux premières recherches, et que l'on découvrit dans les fouilles pratiquées dans l'ancien cimetière des Innocens pour la conduite des eaux du canal de l'Ourcq; ceux du cimetière de l'Ile-Saint-Louis, sur la fin de la même année; ceux de l'église Saint-Benoît, en 1812; et enfin ceux de l'hôpital de la Trinité, en 1813. Le travail paraissait alors terminé; mais les transports, suspendus long-temps, ont été repris il y a quelques années. L'établissement a reçu beaucoup plus d'étendue, une masse considérable d'ossemens ayant été découverte dans plusieurs anciens cimetières de Paris, sur lesquels il s'élève des constructions.

Jusqu'au temps où M. Héricart de Thury eut l'ins-

pection générale de ces lieux souterrains, on s'était con-
tenté de distinguer ces ossemens pris dans différens cimetières par des tas particuliers où ils se trouvaient
accumulés sans ordre et souvent mélangés avec les matières qui se détachaient des voûtes encore peu solides.
M. de Thury entreprit de donner aux catacombes un
ordre qui les rend recommandables à la curiosité des
voyageurs. Il profita même des travaux que l'on exécu-
tait dans l'intérieur pour consolider les voûtes ou ciels
des carrières, ou pour disposer les ossemens confiés à sa
garde, d'une manière pittoresque et romantique. C'est
ainsi qu'il a réussi, en les rangeant avec symétrie, à faire
des piliers, des obélisques, des tombeaux, des autels, etc.,
et jusqu'à des murs composés d'os mastiqués avec du
plâtre. Tous ces différens monumens sont parés avec
toute l'élégance dont ils étaient susceptibles, c'est-à-
dire, que M. Thury a mis en avant les ossemens les plus
remarquables, tels que des têtes, des tibias et les autres
grosses parties de la charpente du corps humain, tandis
que le reste est confusément jeté par derrière. Nous
allons voir, en nous promenant maintenant dans l'intérieur de ces lieux sombres, qu'à force de soins, guidé par
une imagination vive et religieuse, M. de Thury est en
effet parvenu à former, des catacombes, un monument
sépulcral aussi imposant que vénérable, et tellement
unique dans son genre, que, de l'aveu de tous les étrangers voyageurs et artistes qui l'ont visité, il ne peut être
comparé à aucun de ceux que nous a laissés l'antiquité.

ITINÉRAIRE DES CATACOMBES.

Trois escaliers conduisent aux catacombes : le premier est situé à la *barrière d'Enfer*; le second, à la *tombe Isoire*; mais celui-ci est condamné depuis l'aliénation de cette maison; le troisième enfin, dans la *plaine de Mont-Souris*, sur le bord de la *Voie creuse* ou ancienne route d'Orléans. Trois portes ferment l'enceinte de ces galeries funéraires : l'une, à l'ouest, connue sous le nom de la *porte de l'Ouest*, par laquelle on descend communément, et qui répond au troisième escalier; la seconde, à l'est, appelée la *porte du Port-Mahon*, n'est destinée que pour le service du monument; la troisième, au sud, sous la *tombe Isoire*, dont elle a pris le nom. Nous avons dit que c'est par l'escalier de la barrière d'Orléans que l'on descend le plus généralement, et c'est de là que nous partirons pour voyager dans ces contrées souterraines.

L'escalier est composé de quatre-vingt-dix marches, et élevé de dix-neuf mètres quatorze centimètres (cinquante-huit pieds) au-dessus du sol des catacombes. On trouve à côté un *puisard naturel* formé par les eaux dans la masse de pierre, et qui sert pour leur écoulement. A l'extrémité du premier pilier de maçonnerie s'ouvre la *galerie de l'Ouest*, qui s'étend sous la route d'Orléans : cette route était entièrement excavée; l'inspection en a fait remblayer exactement les crevasses; et, suivant son système de consolidation, elle s'est ménagé une galerie de service de gauche et de droite à l'aplomb des deux rangées d'arbres plantés sur la route d'Orléans.

La *galerie de l'Est* est ouverte au milieu de vastes remblais; en la suivant vers le nord, on arrive sous la demi-lune intérieure du côté du pavillon oriental de la barrière d'Enfer, près des murs de séparation qui ont été construits pour empêcher que la contrebande ne se fît sous terre. Après avoir suivi environ cent mètres de la galerie pratiquée sous le boulevard Saint-Jacques, l'on rencontre les grands travaux de *l'aqueduc d'Arcueil*. Ce magnifique monument du règne de Louis XIII, commencé le 11 juillet 1613, et achevé en 1624, fut malheureusement établi en quelques endroits sur d'anciennes carrières dont alors on ignorait l'existence ; les infiltrations des eaux et la masse de l'édifice y causèrent promptement des tassemens, des crevasses et des éboulemens qui ont nécessité de grands et dispendieux ouvrages pour sa restauration. Afin de l'opérer d'une manière solide, on a élevé dans les endroits excavés de grands massifs de maçonnerie, et conservé une galerie ouverte, qui permet aux ingénieurs le service pour leurs travaux, dans le cas où de nouveaux accidens viendraient à se manifester. L'endroit le plus favorable pour apprécier tous ces ouvrages intéressans, est à quatre-vingt-dix mètres au sud du boulevard Saint-Jacques, dans le carrefour du *chemin des doubles carrières*. De là l'on découvre les deux galeries longitudinales de l'est à l'ouest et leurs murs de contre-fort. Le chemin le plus court pour arriver aux catacombes est de suivre tout le cours de l'aqueduc, dans l'une ou l'autre de ces galeries inférieures, sur une longueur de deux cent cinquante mètres environ ; mais les conducteurs font ordinairement prendre celui des doubles carrières, dit aussi du *Port-Mahon*, pour faire voir les grandes excavations faites par les anciens carriers de Paris.

Ce chemin s'étend de l'aqueduc vers le sud-est par deux galeries irrégulières de deux cents mètres environ, et va aboutir à l'aplomb de l'ancienne route d'Orléans, en passant sous l'antique aqueduc bâti par l'empereur Julien, dans le temps qu'il habitait sa chère *Lutèce*. On

rencontre pendant ce trajet les grands piliers de maçonnerie construits pour soutenir les affaissemens occasionés
par l'énorme pesanteur du ciel de la voûte, et les grands
travaux exécutés par ordre de Louis XVI par les ateliers
de charité. En suivant toujours la direction de la route
d'Orléans, du nord-ouest au sud-ouest, on trouve au
ciel de la carrière un commencement de *fontis* ou grand
éboulement opéré depuis la surface du sol extérieur jusqu'à celui de la galerie souterraine.

Après plusieurs sinuosités, à travers les remblais des
anciennes carrières, on peut remarquer devant soi un escalier pratiqué dans les tailles d'un atelier inférieur. Cet
escalier sert à descendre dans la carrière dite *Port-Mahon*.
Ce fut le nommé Decure, dit *Beauséjour*, ancien militaire, et alors vétéran invalide, qui découvrit cette carrière. Il avait servi, en 1756, sous le maréchal de Riche-
lieu, à Minorque. Il y avait même été fait prisonnier et
renfermé pendant long-temps dans les casemates du fort.
Obligé de travailler pour vivre par suite du licenciement
de l'armée, à son retour en France, il fut employé, en
1777, aux travaux de la consolidation qui se faisaient
dans les carrières. Trouvant le local qu'il venait de
découvrir, propre à former un petit atelier particulier
par sa disposition et son étendue, il s'y rendait pour
prendre ses repas dans la solitude. Decure était doué
d'une imagination vive qui s'exaltait encore dans son
lugubre réduit. Se rappelant alors sa longue captivité au
Port-Mahon, il résolut de faire du fort où il avait été
renfermé un plan en relief sur la pierre, dont le peu de
dureté permettait une sculpture facile. Il travailla cons-
tamment à ce monument singulier durant ses heures de
repos, depuis 1777 jusqu'en 1782; et, aidé seulement de

sa mémoire, il en vint à bout. Quand il eut terminé, il fit au devant un grand vestibule, dont le pavé était une espèce de mosaïque en silex noir, qui s'est assez bien conservé.

Ce monument, qui n'en est point un sous le rapport de l'art, atteste cependant d'une manière honorable la mémoire et surtout la patience de celui qui a pu, sans aucune connaissance en architecture, sans moyens et, pour ainsi dire, sans instrumens, exécuter seul un pareil travail. L'intérêt qu'il inspire augmente quand on apprend que l'infortuné Decure, voulant mettre la derniere main à son ouvrage, périt écrasé sous un éboulement. C'est ce monument qui a fait donner à cette carrière et à l'une des portes des catacombes le nom de *Port-Mahon*. M. Guillaumot, voulant perpétuer la mémoire de l'industrieux vétéran, a fait graver sur la pierre, à côté de son monument, cette inscription :

Cet ouvrage fut commencé, en 1777,

Par *Decure*, dit *Beauséjour*, vétéran de Sa Majesté,

Et fini en 1782.

On a conservé sa table et ses bancs de pierre dans un atelier qu'il appelait son salon. En 1787, S. A. R. monseigneur le comte d'Artois [1] et plusieurs dames de la cour, qui visitaient le *Port-Mahon*, firent un déjeûner dans ce même salon sur la table de Decure.

Après avoir remonté l'escalier du Port-Mahon, on retrouve, à cent mètres de là, le chemin des catacombes par les galeries de l'aqueduc. Sur le bord de ce chemin

(1) Aujourd'hui S. M. Charles X.

à droite on observe avec intérêt un pilier construit en
pierres sèches, et qui, par l'effet des eaux qui s'écou-
lent goutte à goutte de la voûte, est aujourd'hui entièrement revêtu de stalactites ou incrustations d'un albâtre
calcaire gris et jaunâtre.

Vestibules des catacombes. En suivant toujours le même
chemin, on trouve, à peu près à trente mètres du pilier
d'albâtre, la porte et le vestibule qui servent d'entrée aux
catacombes. Le vestibule est octogone, et la porte est
formée de deux gros piliers, sur lesquels on lit cette belle
inscription, déjà citée, du cimetière de Saint-Sulpice :

HAS ULTRA METAS REQUIESCUNT
BEATAM SPEM EXPECTANTES.

Sur le linteau de la porte, taillée dans la masse même
de la pierre, est gravé ce vers de Delille :

ARRÊTE ! C'EST ICI L'EMPIRE DE LA MORT.

Le vestibule et la porte ont été construits, en 1811,
par les soins de M. Héricart de Thury. Avant de pénétrer jusqu'à l'endroit où sont disposés les ossemens, les
conducteurs vous font d'abord visiter deux cabinets qui
offrent, rassemblés dans l'ordre le plus méthodique,
les objets curieux disséminés dans la vaste étendue des
catacombes. Nous allons aussi commencer par là la description de ce muséum souterrain.

Cabinet minéralogique. Il contient la *collection miné-*
ralogique de toutes les *terres* ou *pierres* qui constituent
le sol des catacombes. Cette collection intéressante est

duc aux soins de M. Gambier Lapierre, chef d'atelier
et conservateur de la tombe Isoire. On y trouve disposés en grandes masses les *craies*, les *argiles*, les *pierres
calcaires à coquilles marines* ou *pierres à bâtir*, les *marnes
marines*, les *marnes siliceuses spathiques*, les *marnes gyp-
seuses*, la *terre végétale*, et les *sables.* Sur des tablettes,
rangées autour du cabinet minéralogique, sont offerts à la
curiosité des voyageurs les différens objets particuliers
qui se rencontrent dans les premiers; tels que les *coquilles fossiles*, les *bois fossiles agatisés*, *bitumineux*,
terreux, ou *présentant des empreintes de feuilles*, etc.,
et d'une foule d'autres *substances terreuses* ou *minérales*.

Cabinet pathologique. Il est formé dans un ancien carrefour entre quatre grands piliers, et contient la collection de toutes les pièces les plus curieuses par leurs formes,
leurs accidens, leurs maladies, etc., qui ont été trouvées
dans l'arrangement de chaque ossuaire. Classé d'après la
meilleure et la plus ancienne classification connue jusqu'à
ce jour, ce cabinet renferme certainement la collection os-
téologique la plus complète qui soit dans Paris. Le médecin,
l'anatomiste, le savant en tout genre peuvent également y
trouver des objets d'étude, car on y observe une variété
d'*ossemens* infinie; et, sur une table particulière, on
voit toutes les *têtes les plus remarquables* sous le rapport de leur *forme*, de leur *évasement*, de leurs *dimen-
sions*, de leur *angle facial* plus ou moins ouvert, de
leurs *protubérances*, etc., etc.

Nous allons maintenant donner la description des différens ossuaires qui composent l'ensemble des catacombes,
et qui nous ont paru mériter l'attention de l'observateur. Nous citerons en même temps quelques-unes des

inscriptions que M. Héricart de Thury y a fait mettre pour rompre la monotonie de ces lieux funèbres, et inspirer à ceux qui les visitent des sentimens et des pensées conformes à l'imposante majesté de ce dernier séjour de l'homme.

Crypte de Saint-Laurent. C'est un ancien atelier de carrière d'une très-grande étendue, que l'on a choisi pour y déposer les corps exhumés, en 1804, de l'ancien cimetière de Saint-Laurent, lors de sa suppression. En disposant, au-dessus de la principale sépulture de ces morts, les ossemens les plus remarquables, on en a formé une crypte particulière, dont la voûte est soutenue par des pilastres doriques de Pœstum en même matière. On aperçoit au fond une espèce de piédestal, dont les moulures sont faites en *tibia* de la plus grande dimension. Le dé est surmonté d'une tête parfaitement conservée.

Grand autel de l'Obélisque. Ce monument est placé dans une grande carrière qui s'éboula en 1810. De vastes travaux de consolidation furent alors exécutés, et l'inspection, pour leur donner une forme monumentale, les a totalement recouverts d'ossemens noyés dans une pâte de plâtre. L'autel, composé également presqu'en entier d'ossemens, est copié sur un tombeau antique, découvert, il y a quelques années, entre Vienne et Valence, sur les bords du Rhône. Cet autel produit dans cet emplacement un très-bel effet. Il est accompagné de plusieurs obélisques, qui ne sont autre chose que des réductions d'obélisques antiques.

Sur le devant de l'autel on voit cette inscription :

Hìc in somno pacis requiescunt majores.

Endormis par la mort , ici sont nos ancêtres.

Et sur le dessus de l'autel on voit cette autre :

Homo sicut fenum dies ejus : tanquam flos agri sic efflorebit, quoniam spiritus pertransibit in illo et non subsistet, et non cognoscet ampliùs locum suum.

« L'homme voit ses jours se flétrir comme du foin ; il
« brille un moment comme la fleur des champs ; un vent
« souffle sur lui , et il n'est plus , et il ignore jusqu'au lieu
« qu'il va occuper. »

Sarcophage lacrymatoire. Les ossemens exhumés des cimetières des Blancs-Manteaux et de Saint-Nicolas-des-Champs, sont déposés dans cet emplacement On y voit également de grands travaux de consolidation, auxquels on a aussi donné des formes monumentales. Un tombeau ou sarcophage , construit au milieu, lui a fourni son nom. M. Héricart de Thury a consacré ce tombeau an malheureux Gilbert , en faisant graver sur une roche qui est derrière le monument les derniers vers qu'ait dictés à ce poëte mourant sa muse mélancolique. Voici cette inscription :

Silence, êtres mortels! vaines grandeurs, silence !

Au banquet de la vie infortuné convive ,
        J'apparus un jour, et je meurs :
Je meurs, et sur ma tombe, où lentement j'arrive,
        Nul ne viendra verser des pleurs.

Soyez béni, mon Dieu, vous qui daignez me rendre
        L'innocence et son noble orgueil !

Vous qui, pour protéger le repos de ma cendre,
Veillerez près de mon cercueil!

Piédestal de la lampe sépulcrale. Lorsque les premiers travaux furent effectués, et surtout lorsque les ossemens des différens cimetières furent amoncelés, l'air intérieur des catacombes devenait quelquefois dangereux. Chargé de diverses émanations méphitiques qui s'exhalent presque toujours des lieux souterrains, il pouvait, par intervalles, être fatal aux ouvriers employés dans ces lieux sombres. Pour obvier, autant que possible, à ces inconvéniens, l'inspection fit placer, sur un bloc de pierre, une vaste terrine, dans laquelle on avait soin d'entretenir continuellement un brasier ardent. On sait que le feu a la propriété de rendre la circulation de l'air plus active. On imagina depuis de substituer à la terrine une lampe en forme de coupe antique, et portée sur un piédestal.

Au-dessus de la lampe est cette inscription :

Quelle est ta destinée, homme présomptueux ?
Ici bas ta durée éphémère et débile
Est plus fragile, hélas ! que la lampe d'argile
Qui, dans ce gouffre obscur, t'éclaire de ses feux.

A côté de ce dernier monument se trouvent, l'un à droite et l'autre à gauche, ceux dits du *Memento* et de l'*Imitation*. Le premier doit son nom à un pilier triangulaire, sur lequel on lit cette inscription :

*Memento, homo, quia pulvis es,
Et in pulverem reverteris.*

Le monument de l'Imitation est aussi un pilier, ainsi

nommé parce qu'on y lit plusieurs inscriptions puisées dans le livre sublime attribué à Thomas-A-Kempis.

Ces trois derniers monumens renferment les corps exhumés des cimetières de Sainte-Croix-de-la-Bretonnerie et du Petit-Saint-Antoine.

Fontaine de la Samaritaine. Ce nom fut donné à une fontaine que les ouvriers découvrirent dans l'intérieur même des catacombes, et dont ils creusèrent le bassin pour la faire servir à leur usage. Mais cette eau, ne trouvant point d'écoulement, ne tarda pas à inonder tout le terrain environnant, et à gêner les ouvriers dans leurs travaux. Cette circonstance ayant forcé l'inspection de faire des nivellemens pour établir des pentes, elle a profité de la différence des niveaux pour construire sur cette source un escalier, un bassin et un aqueduc souterrains ; elle a donné en même temps au bassin plus de régularité et d'élégance. Les piliers, élevés à cette époque pour soutenir le ciel de la voûte, contribuent encore, par les dispositions monumentales qu'on leur a données, à l'embellissement de cette fontaine. En 1813 on y jeta quatre poissons rouges (*cyprins dorés*, ou *dorades chinoises*). Depuis ce temps, visités sans cesse, agacés et nourris par les ouvriers, ils se sont très-bien apprivoisés, et accourent au signal de leur voix qu'ils connaissent parfaitement. Des ouvriers s'en servent même comme de baromètres ; ils prétendent que les dorades pressentent d'avance le changement de temps, qu'elles restent à la surface de l'eau quand il doit faire beau ou chaud, et qu'elles se plongent au fond du bassin quand le temps doit être mauvais ou froid. La fontaine de la Samaritaine doit son nom aux paroles que Jésus-Christ adresse, dans l'Evangile, à la Samaritaine, au bord du puits de Jacob. Les voici :

Omnis qui bibit ex aquâ, hoc sitiet iterùm. Qui autem biberit ex aquâ quam ego dabo ei, non sitiet in æternum ; sed aqua quam ego dabo ei, fiet in eo fons aquæ salientis in vitam æternam.

« Quiconque boit de cette eau aura encore soif; mais « celui qui boira de l'eau que je lui donnerai n'aura point « soif dans l'éternité ; car l'eau que je lui donnerai de- « viendra en lui une fontaine intarissable pour la vie « éternelle. »

M. Héricart de Thury avait d'abord fait mettre, pour inscription, à cette fontaine, ces beaux vers de Virgile :

...... *Animæ quibus altera fato*
Corpora debentur, Lethæi ad fluminis undam,
Securos latices et longa oblivia potant.

que Delille a si bien imités par ceux-ci :

. . . . Tu vois ici paraître
Ceux qui dans d'autres corps doivent un jour renaître ;
Mais, avant l'autre vie, avant ses durs travaux,
Ils cherchent du Léthé les impassibles eaux;
Et, dans le long sommeil des passions humaines,
Boivent l'heureux oubli de leurs premières peines.

Catacombes basses. Ce sont d'anciennes carrières, creu- sées au-dessous des grandes catacombes, et auxquelles on ne communiquait autrefois que par une rampe ouverte dans la voûte qui les séparait. Pour en faciliter la com-

munication, et à cause des infiltrations qui rendaient
cette rampe trop glissante, M, Héricart de Thury y a
fait établir un grand escalier avec de larges marches. Ces
catacombes contiennent aussi des ossemens. Deux piliers
d'ordre dorique de Pœstum, qui se trouvent à côté de
l'escalier, supportent les deux inscriptions suivantes,
dont l'une est la traduction de l'autre :

> *Ossa arida,*
> *Audite verbum Domini ;*
> *Intromittam in vos spiritum et vivetis,*
> *Et dabo super vos nervos,*
> *Et succrescere faciam super vos carnes,*
> *Et super extendam in vos cutem;*
> *Et dabo vobis spiritum,*
> *Et vivetis, ossa arida.*
>
> ÉZÉCHIEL [1].

. . . . , ...
> Ecoutez, ossemens arides,
> Ecoutez la voix du Seigneur.
> Le Dieu puissant de nos ancêtres,
> Qui d'un souffle créa les êtres,
> Rejoindra vos nœuds séparés.
> Vous reprendrez des chairs nouvelles ;
> La peau se formera sur elles :
> Ossemens secs, vous revivrez.
>
> LEFRANC DE POMPIGNAN.

(1) Voici la traduction littérale de ce beau passage du prophète :
« Os arides, écoutez la parole du Seigneur : j'enverrai dans vous
mon souffle, et vous vivrez; je vous donnerai des nerfs, je ferai
croître sur vous des chairs, j'étendrai sur elles de la peau, je souf-
flerai sur vous, et vous vivrez, os arides. »

Pilier des Nuits Clémentines. C'est un énorme pilier, placé sur la tombe Isoire, à l'effet de former un point d'appui à la voûte qui menaçait ruine. Il doit son nom à quatre strophes d'un poëme italien sur la mort du pape Clément XIV, intitulé *les Nuits Clémentines.* De ces quatre strophes, nous ne citerons que celle-ci qui nous a paru sublime :

> *Parlate, orridi avanzi ; or che rimane*
> *Dei vantati d'onor gradi, e contrasti?*
> *Non son follie disugualianze humane?*
> *Ove son tanti nomi, e tanti fasti?*
> *E poichè andar del mortal fango scarchi,*
> *Che distingue i pastor dai gran monarchi?*

« Parlez, horribles débris ; que vous reste-t-il des « biens, des rangs et des honneurs dont vous étiez si fiers ? « L'inégalité des conditions humaines n'est-elle pas une « folie? Où sont ces grands noms et ce faste qui vous « entourait ? Et, puisqu'il faut descendre ici chargé de ce « limon mortel dont on est pétri, qui donc fera distin- » guer le berger d'avec le plus puissant monarque ? »

Crypte de Legouvé. Elle fut ainsi nommée à cause de quatre vers de Legouvé, qui y ont été mis pour inscrip-tion. Les voici :

> Tel est donc de la mort l'inévitable empire :
> Vertueux ou méchant, il faut que l'homme expire :
> La foule des humains est un faible troupeau,
> Qu'effroyable pasteur, le temps mène au tombeau !

Legouvé, mort le 30 août 1812, vint le 7 décembre

1811, avec plusieurs de ses amis, faire une visite aux catacombes. Déjà depuis long-temps ce poète aimable, aigri par la perte d'une femme qu'il adorait, avait la tête égarée, et ne laissait plus apercevoir que quelques momens lucides. Cependant, à la vue de ce majestueux musée de la mort, sa raison parut revenir, et son imagination se ranimer. Son attention se porta particulièrement sur les inscriptions. Il les lut successivement, et fit sur elles des réflexions que ses amis écoutaient avec ce double intérêt que leur inspiraient l'amitié et le triste état du poète.

Arrivé à la crypte qui porte l'inscription que nous venons de citer, il s'écria avec surprise et une sorte de satisfaction : « Eh ! ces vers sont de moi ! Qui a fait le choix de cette inscription ? — M. Héricart de Thury, lui répondit le conducteur. — Ah ! remerciez-le bien pour moi, je vous prie ; il a parfaitement choisi. Ce dernier vers

Qu'effroyable pasteur le temps mène au tombeau !

est bon ; il est un de mes meilleurs. »

Outre les divers monumens que nous venons de citer, les catacombes en renferment plusieurs autres. Nous n'en parlerons point, parce qu'ils n'offrent rien de saillant, et que nous ne pourrions, pour ainsi dire, que répéter les détails que nous avons déjà donnés. Nous citerons seulement quelques-unes des inscriptions qui décorent ces monumens.

Crypte de la Vérité. Parmi diverses inscriptions en plusieurs langues, on remarque celle-ci, prise encore dans Legouvé :

Notre sol n'est formé que de poussière humaine ;
Songe donc, quel que soit le motif qui t'amène,
Que tes pieds vont ici fouler à chaque pas
Un informe débris, monument du trépas.

Galerie de Lemierre.

Quels enclos sont ouverts ? Quelles étroites places
Occupe entre ces murs la cendre de ces races ?
C'est dans ces lieux d'oubli, c'est parmi ces tombeaux
Que le temps et la mort viennent croiser leurs faux.
Que de morts entassés et pressés sous la terre !
Le nombre ici n'est rien, la foule est solitaire.

LEMIERRE.

Crypte de La Fontaine.

La mort ne surprend point le sage ;
Il est toujours prêt à partir,
S'étant su lui-même avertir
Du temps où l'on se doit résoudre à ce passage.

Ce temps, hélas ! embrasse tous les temps :
Qu'on le partage en jours, en heures, en momens,
Il n'en est point qu'il ne comprenne
Dans le fatal tribut ; tous sont de son domaine ;

Et le premier instant où les enfans des rois
Ouvrent les yeux à la lumière,
Est celui qui vient quelquefois
Fermer pour toujours leur paupière.

Défendez-vous par la grandeur ;
Alléguez la beauté, la vertu, la jeunesse ;
La mort ravit tout sans pudeur :
Un jour le monde entier accroîtra sa richesse.

LA FONTAINE.

Pilier de Virgile.

Felix qui potuit rerum cognoscere causas,
Atque metus omnes , et inexorabile fatum
Subjecit pedibus , strepitumque Acherontis avari.

VIRGILE (1).

Heureux le sage, instruit des lois de la nature,
Qui du vaste univers embrasse la structure,
Qui dompte et foule aux pieds d'importunes erreurs,
Le sort inexorable et les fausses terreurs;
Qui regarde en pitié les fables du Ténare,
Et s'endort au vain bruit de l'Achéron avare!

DELILLE.

Optima quœque dies miseris mortalibus œvi
Prima fugit ; subeunt morbi, tristisque senectus :
Et labor , et durœ rapit inclementia mortis.

VIRGILE.

Hélas! nos plus beaux jours s'envolent les premiers :
Un essaim de douleurs bientôt nous environne;
La vieillesse nous glace et la mort nous moissonne.

DELILLE.

Crypte de l'autre vie.

O mort ! est-il donc vrai que nos âmes heureuses
N'ont rien à redouter de tes fureurs affreuses,
Et qu'au moment cruel qui nous ravit le jour

(1) Nous l'avouerons ; ces beaux vers, où Virgile semble douter d'une autre vie , et plusieurs autres inscriptions où l'idée du néant est trop souvent rappelée, nous ont paru peu convenables dans un lieu consacré par la religion chrétienne.

Tes victimes ne font que changer de séjour ?
Quoi ! même après l'instant où tes ailes funèbres
M'auront enseveli dans tes noires ténèbres,
Je vivrais !.... Doux espoir ! que j'aime à m'y livrer
De quelle ardeur céleste il vient de m'enivrer !

RACINE fils.

Crypte de Malherbe.

La mort a des rigueurs à nulle autre pareilles :
    On a beau la prier,
La cruelle qu'elle est se bouche les oreilles,
    Et nous laisse crier.

Le pauvre en sa cabane, où le chaume le couvre,
    Est sujet à ses lois ;
Et la garde qui veille aux barrières du Louvre
    N'en défend pas nos rois.

De murmurer contre elle et perdre patience
    Il est mal à propos ;
Vouloir ce que Dieu veut est la seule science
    Qui nous met au repos !

MALHERBE.

Obélisque de Malfilâtre dans les basses catacombes.

    Insensés ! nous parlons en maîtres,
    Nous qui dans l'océan des êtres
    Nageons tristement confondus ;
    Nous dont l'existence légère,
    Pareille à l'ombre passagère,
    Commence, paraît, et n'est plus.

MALFILATRE.

Sortie des catacombes. La sortie des catacombes est

par la porte de l'est. Au-dessus on a mis, pour inscription, ce vers de Caton :

Non metuit mortem, qui scit contemnere vitam.

Qui méprise la vie affronte le trépas.

On trouve alors un vestibule et une rampe, dont la pente insensible ramène dans les grandes excavations des carrières supérieures. Au bout d'un large corridor on trouve deux chemins qui, après plusieurs sinuosités, conduisent au pied de l'escalier construit, en 1784, sur le bord de la *Voie creuse*. Là se lit cette inscription qui nous paraît peu convenable à cause de son défaut d'application :

. . . . *Facilis descensus Averni ;*
Noctes atque dies patet atri janua ditis :
Sed revocare gradum, superasque evadere ad auras,
Hoc opus, hic labor est.

VIRGILE.

Il n'est que trop aisé de descendre aux enfers ;
Les palais de Pluton nuit et jour sont ouverts :
Mais rentrer dans la vie et revoir la lumière,
Est un bonheur bien rare, un vœu bien téméraire.

DELILLE.

Cette inscription serait beaucoup mieux placée à l'entrée qu'à la sortie des catacombes, car alors elle pourrait s'adresser aux morts ; mais les vivans sortent aussi facilement qu'ils sont entrés.

L'escalier que l'on monte pour revenir à la lumière est taillé dans un des piliers laissés par les anciens pour soutenir la voûte de la carrière. Sa partie supérieure aboutit dans une cour qui, d'après les plans de l'inspection, doit être par la suite fermée par une grande porte dont les pilastres seront en forme de tombeaux antiques, d'un genre simple et sévère, et ne porteront, pour tout ornement, qu'un vase funéraire surmonté d'une pleureuse en forme de guirlande.

On a de plus le projet d'établir pour les catacombes une entrée monumentale entre la barrière Saint-Jacques et celle de la Santé. Une avenue de plus de deux cents mètres, plantée de cyprès, conduira depuis le boulevard jusqu'à un terrain enfoncé appelé la *Fosse-aux-Lions*, et on ouvrira une entrée à la grande galerie des catacombes. Sur le boulevard et en tête de l'avenue on élèvera deux pavillons, l'un destiné au logement du concierge, et l'autre devant servir d'abri aux personnes qui se présenteront et qui attendront le moment d'être introduites.

En sortant des catacombes, c'est avec un ravissement mêlé de surprise que l'on se retrouve sur cette terre qu'éclaire encore la douce lumière du soleil, si différente de celle des lampes et des torches, seules clartés de ces lieux souterrains que l'on vient de quitter. On se recueille alors en soi-même, et c'est à ce moment surtout que les réflexions se présentent en foule à l'imagination. Dans l'intérieur de ces immenses tombeaux on est loin d'éprouver ces émotions auxquelles peut-être on s'attendait en y descendant. La mort en masse n'affecte jamais autant que la mort en détail. Telle femme, qui se trouverait mal à la vue inopinée d'un squelette dressé pour des études d'anatomie, parcourt avec indifférence, et presque sans aucun sentiment pénible, ces catacombes où les squelettes sont amoncelés par millions : ainsi qu'au cimetière du père La

Chaise nous avons vu, dans les catacombes, des individus rire et folâtrer à la lueur des torches. Ceux-là seulement, que la nature a doués d'une imagination mélancolique et tendre, sont véritablement touchés de l'aspect des générations éteintes, et y trouvent ces sensations profondes qu'ils y viennent chercher. Seuls, au milieu des débris de leurs semblables, leur tête s'échauffe, leur imagination s'agrandit ; du néant de cette vie terrestre elle s'élève à l'espérance d'une immortalité future ; leurs pensées généreuses parcourent dans leur vol et la chimère de ce monde et les hautes destinées réservées à l'homme ; et, inspirées par la vue des tombes, elles embrassent à la fois le vaste espace de la terre et du ciel.

O vous que la curiosité a conduits dans les catacombes, vous qui avez contemplé avec attendrissement cet effroyable amas de débris des générations passées ! j'en appelle à vos souvenirs ; n'est-il pas vrai qu'en sortant de ces cavernes profondes votre âme a été vivement oppressée à l'aspect du jour ? N'est-il pas vrai que, dans les yeux de vos amis, vous avez aperçu les larmes que vous étiez vous-mêmes disposés à répandre . . . . ? Rendu pour quelque temps encore à la vie, on se rappelle avec plus d'énergie la grandeur de son néant. . . . . Du milieu d'une nature riante et ornée de sa verte parure, l'imagination vous ramène sur ces piles immenses d'ossemens ; elle s'élance dans l'avenir, et vous annonce que le sort vous destine aussi à décorer un jour des monumens semblables. Saisi d'une secrète horreur, vous fuyez. . . . ., mais en vain ; le terrible spectacle des catacombes vous accompagne ; il vous poursuit ; de hideux squelettes vous assiégent jusqu'au moment où le mouvement animé de la foule et l'aspect d'un monde actif et bruyant dissipent ces sombres idées, et vous acclimatent de nouveau sur le sol de la vie.

Tel est du moins l'effet que la vue des catacombes nous a paru produire sur la plupart de ceux que nous avons pu interroger. Ce spectacle épouvantable de la destruction n'affecte profondément que lorsqu'il est ramené par le souvenir. Cette espèce de phénomène est d'ailleurs dans la nature. Eh ! voyez l'homme que son état conduit à la guerre, quand autour de lui le bruit du canon roule de toutes parts ; quand les balles et les boulets moissonnent à ses côtés des milliers de combattans ; ni la vue de ces cadavres mutilés, ni les cris de désespoir ou de douleur poussés par les mourans, ni les torrens de sang dans lequel il nage, rien ne l'émeut, son âme reste impassible ; il a oublié le danger qui le menace lui-même. Mais, lorsqu'au fracas de l'horrible mêlée le silence solennel de la victoire a succédé, et que les ombres du soir se répandent sur le vaste champ du carnage ; si tout à coup aux regards du guerrier se présentent quelques scènes champêtres, rendue à elle-même par le doux spectacle de la nature, son âme s'émeut ; il se reporte en imagination à l'heure terrible du combat, et, malgré lui alors, il se sent dominé par la terreur ; il songe que lui aussi peut-être sera un jour mutilé ou étendu sans vie sur le théâtre de la valeur ; et, sans le vouloir encore, il se surprend à maudire et la guerre et ses fureurs.

Plusieurs auteurs ont déjà parlé des catacombes, quoi-qu'elles soient établies depuis peu de temps. Nous citerons de l'un d'eux un passage qui nous a paru curieux par les diverses observations qu'il contient. Après avoir dit qu'on eut soin de rassembler dans un même empla-

cement les ossemens provenant d'un même cimetière, il
ajoute :

« C'est à ce soin de ne point confondre les races, de
ne point mélanger les habitans des divers quartiers de
Paris, qu'on doit des réflexions dont on est frappé malgré
soi au premier aspect de ces os, et surtout de ces crânes,
rangés avec une symétrie qui prouve l'importance que
mit à cet ordre le magistrat qui présidait à ce funèbre
travail. En observant avec attention ces champs de morts,
on trouve, entre les crânes des différens quartiers de
Paris, des différences aussi tranchées que celles signalées
par Blumenbach et Camper entre le Mogol, le Hottentot
et l'Européen. On distingue éminemment la tête étroite
des petits marchands de la Cité du crâne volumineux et
épais des bateliers du Gros-Caillou, ou des charbon-
niers du port ; et, malgré le silence imposant de ces
lieux, en lisant l'inscription *Cimetière Saint-Séverin*, je
croyais entendre la loquacité des avocats de sept heures,
la verbosité des procureurs, et le babil pédantesque des
habitans du quartier latin ; comme je n'avais pas besoin
d'être averti par l'étiquette que ces bras contournés, que
ces larges mâchoires appartiennent aux dames de la Halle ;
bien plus, il faudrait nier tout esprit d'observation si
l'on pouvait se refuser à reconnaître dans ces têtes, qu'a
fournies le cimetière de la Grève, une physionomie scé-
lérate, une profonde dépression de la racine du nez, un
front plat, une bouche sardonique, des yeux étroits et
pervers, plus d'une protubérance derrière l'oreille, qui
décèlent le lieu d'où elles ont été exhumées, tandis que
les fronts arrondis, les orbites oculaires, le bel angle
facial, la proéminence de la suture lambdoïde et des os
propres du nez, l'arrondissement des deux pariétaux,

l'élévation du vertex , la juste proportion des mâchoires ,
l'ovale de la face , caractérisent les fortunés habitans de
l'île Saint-Louis, ou les calmes habitués du Marais. Voyez,
voyez l'insolence et l'inquiétude peintes sur ces fronts
d'airain , sur ces temporaux ; ne reconnaissez-vous pas
ces deux faubourgs turbulens qui signalèrent notre révolution par toutes les horreurs qui l'ont déshonorée, tandis
que les autres faubourgs n'offrent que la trace d'un travail constant ? Là , des manufacturiers ; ici , d'utiles et
simples colons, dont les apophyses occipitales attestent
l'amour des enfans et l'attachement conjugal. C'est là ,
c'est dans cette enceinte ténébreuse, la vraie terre classique et ton véritable domaine , ô Gall ! que je voudrais
entendre tes sublimes leçons, que ne peut ridiculiser le
léger et dédaigneux commensal de la chaussée d'Antin ,
qu'un jour la science jugera à son tour, mais que ne peut
contester l'observateur exact et de bonne foi , sans être
ébranlé dans ses principes de morale et de religion. »

Telles que nous venons de les décrire, les catacombes
sont certainement un des monumens les plus curieux et
les plus intéressans de la capitale ; et cependant peu de
Parisiens les ont visitées, quoiqu'elles soient à leur
porte. Ce peuple léger n'aime à voir que ce qui lui fait
naître l'idée du plaisir. Nous trouvons, dans le *Livre
des inscriptions*, la preuve du peu d'empressement que
mettent les Parisiens à visiter les lieux où sont renfermés
les restes de leurs ancêtres. Ce livre est destiné à recevoir
les réflexions inspirées par la vue de ces lieux funèbres ,
et la personne qui tient le bureau d'ouverture ne manque
jamais de le présenter aux visiteurs, en les invitant d'y
inscrire leur nom avec leur *pensée* ou *devise*. On voit sur
ce livre un très-petit nombre de Parisiens. La plupart

des noms qu'on lit sont ceux des étrangers que la curiosité a conduits dans l'intérieur des catacombes.

On remarque sur cet *album* des catacombes un grand nombre de pensées qui figureraient très-bien dans un livre de morale. Nous citerons celles qui nous ont paru devoir plaire plus particulièrement à nos lecteurs.

I.

Le tombeau est l'arc de triomphe par où l'on entre dans l'éternité.

STÉPHANO STAMPON.

II.

Heureux qui sans remords termine sa carrière !
On a dit de sa fin : « C'est le soir d'un beau jour. »
    Mais, ne quittant la terre
  Que pour voler vers l'éternel séjour,
    D'un plus beau jour encore
    Il voit luire l'aurore.

Le docteur SAVARY, mort quelque temps
après sa visite aux catacombes.

III.

Des mortels confondus j'ai vu les ossemens
En tombeaux, en autels, en murs, en ornemens ;
On ne voit briller là ni festons, ni dorure,
Des squelettes humains en font seuls la parure.
Là, plus de vanité, plus de rang, de grandeur.
L'un sur l'autre appuyés, l'ignorant, le docteur,
Le malheureux, le riche, et le fat, et le sage,
Moissonnés par la mort, servent au même usage.
J'ai vu..... le temps accourt..... et bientôt nos neveux
Y viendront contempler les os de leurs aïeux.

PELTIER.

IV.

Ainsi tout passe sur la terre,
Esprit, beauté, grâces, talent:
Telle est une fleur éphémère
Que renverse le moindre vent.

A. DEVILLE.

V.

Dans ces antres profonds, asile de la mort,
Sont les grands, les héros, confondus par le sort.
Près du riche orgueilleux le malheureux sommeille;
Et dans ces noirs tombeaux tout dort : mais la mort veille.

BOUVARD.

VI.

Dans le sinistre et court passage
De ces ténébreux souterrains,
D'un flambeau le fragile usage
Dirige vos pas incertains.
Tels on voit, dans la vie humaine,
Les mortels que le temps entraîne,
Éprouver tous le même sort.
Arrivés au terme funeste,
Une sombre lueur nous reste
Pour voir l'empire de la mort.
Voyez tous ces débris sans nombre,
Du passé triste souvenir !
Le présent n'est pour nous qu'une ombre;
Ainsi passera l'avenir.
Réfléchissez, grands de la terre,
Sur cette puissance éphémère,
Qu'un éclair anéantira;
Ces rangs, ces dignités, ces marques,
Entre les sujets, les monarques,
Faibles ou forts, tout finit là.

DAUVERGNE.

VII.

En entrant dans ces lieux, où mon âme se glace,
Tremble, mortel! ces ossemens épars
A tes restes chétifs vont bientôt faire place :
La mort termine, et de ses noirs regards
Mesure de tes jours la trop courte durée;
Que chacun d'eux soit marqué par un trait
Qui fasse respecter ta cendre inanimée;
Fais qu'en mourant il te reste un regret :
Celui de n'être plus l'utile et tendre père
Du malheureux, pleurant sous son fardeau.
On estime le bien qu'un mortel a dû faire
Sur le nombre des pleurs versés sur son tombeau.

LACHAT.

VIII.

Dans ces tas de poussière humaine,
Dans ce chaos de boue et d'ossemens épars,
Je cherche, consterné de cette affreuse scène,
Les Alexandres, les Césars;
Cette foule de rois, fiers rivaux du tonnerre,
Ces nations, la gloire ou l'effroi de la terre.
Ce peuple, roi de l'univers,
Ces sages dont l'esprit brilla d'un feu céleste;
De tant d'hommes fameux, voilà donc ce qui reste :
Des tombeaux, des cendres, des vers! (1)

VINOT.

IX.

O vous, que je perdis dans un âge encor tendre,
Chers auteurs de mes jours! en parcourant ces lieux,
J'ai cru voir un instant s'animer votre cendre;
Et des pleurs aussitôt ont coulé de mes yeux.

(1) Cette belle strophe ne fait honneur qu'à la mémoire de celui qui l'a signée; elle est empruntée d'une ode fameuse sur le *néant des grandeurs humaines,* couronnée jadis par l'académie des jeux floraux.

Exauce, en ce moment, ma timide prière,
Dieu puissant! quand le temps fermera ma paupière,
Que je puisse, du moins, au ténébreux séjour,
Reposer près de ceux dont je reçus le jour!
Que mon ombre s'attache à l'ombre paternelle;
Et, sans craindre du sort l'injustice cruelle,
Mon père! j'ai l'espoir de jouir près de toi
Du bonheur qui toujours sembla fuir loin de moi.

C..... Ocquet de Vauteuil.

X.

Hélas! dans sa course rapide,
D'un court instant de bonheur,
La mort, de sa faux avide,
A jamais abat la fleur.
Notre existence est un songe
Que dissipe un prompt réveil;
Et ce réveil nous replonge
Dans un éternel sommeil.

J.—B. Wassez.

XI.

Voilà ces tristes lieux où, reposant en paix,
D'un éternel sommeil nous dormons à jamais.
Quel silence imposant en ce lugubre asile!
Là, je crois voir le temps, dévastateur tranquille,
Tristement appuyé sur sa terrible faux,
Attendre les vivans dans la nuit des tombeaux.
Rien ne peut échapper à sa main meurtrière;
Il doit rendre au néant tous les corps en poussière,
Et sans distinction confondre les humains :
Tel est l'arrêt des dieux, et tels sont nos destins.
Voilà de nos aïeux le périssable reste!
Contemplons leur grandeur en cet état funeste :
Avant d'être entassés sous ce froid monument,
Ils ont aussi vécu l'espace d'un moment.

Aujourd'hui nous vivons, et les rapides heures
Nous conduiront demain dans ces tristes demeures :
Oui, peut-être demain nous finirons nos jours.
Et vous, jeunes beautés ! vous, reines des amours !
Vous que nous adorons ! vous qui séchez nos larmes !
Vous périrez aussi malgré vos divins charmes.
Mais l'être vertueux, sans redouter la mort,
Dans ses bras ferme l'œil, et pour toujours s'endort.

Augustes potentats, voyez ce que nous sommes !
Malgré votre pouvoir, vous n'êtes que des hommes.
En voyant ces débris arrachés au cercueil,
Rabaissez, comme nous, votre superbe orgueil.
Qu'en vous tous les mortels trouvent de tendres pères,
Par vos soins généreux bannissez leurs misères ;
Loin d'augmenter encor leurs cruelles douleurs,
Mettez tous vos plaisirs à suspendre leurs pleurs.
Alors, vainqueurs du temps, tout rayonnans de gloire,
Vos noms seront inscrits au temple de mémoire ;
Vous cesserez de vivre et jamais d'être aimés,
Et des siècles futurs vous serez révérés.

MONTAIGU, *Artiste.*

XII.

Nous naissons pour mourir un jour ;
Cet arrêt n'excepte personne,
Peut-être est-ce aujourd'hui mon tour !
Mais à mon sort je m'abandonne.
Aveugle et stupide troupeau,
Que la mort chasse devant elle,
Nous passons du trône au tombeau,
Du jour à la nuit éternelle.
Mais non, l'homme ne s'endort pas
Pour ne plus revoir la lumière ;
Au jour marqué par le trépas,
Il commence une autre carrière :

7

Il retrouve un père, un ami
Dans une demeure immortelle;
Et j'y reverrai Noémi
Pour ne plus me séparer d'elle.

LOUIS MICHAUX.

XIII.

Qu'importe l'âge ? en vain l'adolescence
Se berce, hélas ! de rêves enchanteurs;
Souvent le sort trahit son espérance;
Et, sur la tombe où repose l'enfance,
Plus d'un vieillard a répandu des pleurs.

CONSTANT DUBOS.

XIV.

L'horreur de ce séjour a passé dans mon cœur;
Seul, au milieu des morts, j'y viens apprendre à vivre.
Cette scène muette est pour l'homme un grand livre
Où la mort a gravé : *La vie est une erreur.*

J. THÉODOSE PESSON.

XV.

Notre vie est un prêt que nous fait la nature,
Jouissez-en, mortels, rendez-le sans murmure.
Naître, vivre et mourir, des humains c'est le sort :
Chaque jour de la vie est un pas vers la mort.

BALLAND.

XVI.

Fléaux de notre vie, ô funestes erreurs !
Vous abrégez nos jours, vous causez nos malheurs;
Vous guidez de la mort le tranchant homicide;
Et vous la secondez dans sa course rapide !
La cruelle triomphe ; et, de nos froids débris,
S'élève un trône affreux à nos regards surpris.

Dans ces antres profonds, où règne un long silence,
Je contemple du temps la hideuse abondance :
Voilà donc notre sort !.... Quoi ! dans ce noir séjour,
Privés de tous plaisirs, privés du tendre amour,
Côte à côte serrés, sans honneurs et sans marques,
Sont rangés pêle-mêle et bergers et monarques !....
Envie, ambition, amour, inimitié,
Vos excès sont toujours évités par le sage :
Battu par la tempête, il fuit loin de l'orage ;
Et, terminant ses jours, conduit par l'amitié,
Il vient se rendre au port à l'abri du naufrage.

J. B........ N.

XVII.

Mortel présomptueux, qui t'agite en ce monde,
Tu crois tout posséder sans peine et sans effort :
Suis-moi donc un instant sous la voûte profonde
Qui cache à tes regards ces débris de la mort.
Là reposent, épars, les vertus et les crimes :
Ils sont dans le néant mêlés et confondus.
Mais aux méchans si Dieu réserva des abîmes,
Tout le ciel est ouvert pour placer ses élus.

FANNY MARIETTE.

XVIII.

Paisibles habitans de ces demeures sombres,
Je ne viens point ici troubler vos tristes ombres ;
Je viens sur l'avenir méditer avec vous,
Et m'inscrire d'avance au lieu du rendez vous.

M. le docteur FOURNIER

XIX.

De ces demeures redoutables
Les froids et mornes habitans
Sont devenus fort bonnes gens ;
Point ennemis de leurs semblables,

Point serviles, point arrogans,
Point envieux, point irritables,
Point menteurs, et point médisans,
Et point bavards insupportables!......
Ma foi, quand je songe aux vivans,
Je trouve les morts bien aimables.

ANDRIEUX.

XX.

C'est Paris retourné.

A. LEBRUN.

XXI.

ALPHABETH LATIN DE LA VIE HUMAINE.

*Aura, bulla, cinis, dolus, error, flammula, gutta, Il...
imago, lutum, milium, nihil, offula, ruma, quisquilia,
ros, somnia, transitus, umbra.*

XXII.

Salut, tombeaux sacrés, solitaires asiles,
Où reposent en paix l'infortune et l'amour!
Bientôt concitoyen du céleste séjour,
Ma cendre dormira sous vos marbres tranquilles.
Adieu, terre d'exil, amis à qui je dois
Quelques beaux jours parmi tant de jours de tristesse;
Perfide Élise, adieu!.... je sens avec ivresse
Mourir les derniers feux dont je brûlai pour toi.
Ah! si ton faible cœur me fût resté fidèle!
Si pour Edmon encor!.... mais que dis-je, insensé!
Vain désir, laisse en paix mon cœur désabusé;
Élise en aime un autre, et la tombe m'appelle.

D'HUYESSE.

XXIII.

Ossemens desséchés, squelettes vénérables,
Du pouvoir de la mort monumens effroyables.

Vous ne m'inspirez point d'effroi.
Exposé comme vous à la commune loi,
J'attendrai sans murmure, au banquet de la vie,
Entre mes vieux amis, auprès de mon amie,
Le moment où, privé d'un bonheur aussi doux,
Je serai par la mort entraîné parmi vous.
La mort!... Eh, cette idée est-elle si cruelle ?
Le méchant peut sans doute être effrayé par elle :
Au sein des voluptés, qu'appellent ses désirs,
Le remords vient souvent troubler ses vains plaisirs
D'une vie à venir l'importune pensée
Doit frapper de terreur son âme épouvantée.
Mais ceux dont le cœur pur est exempt de remord,
Sans désir et sans crainte envisagent la mort.
N'est-elle pas le port où, battu de l'orage,
L'homme repose enfin au sortir du naufrage ?
Quant à moi, dont l'amour a fixé les destins,
Que je puisse, en mourant, dans mes débiles mains
   Serrer encor celles de mon Aimée,
Que je puisse expirer sur sa bouche adorée,
Je verrai sans regret mes jours s'évanouir :
Qui vécut vertueux n'a pas peur de mourir.   P. St.-A.....

En France, et surtout à Paris, tout devient un sujet de plaisanterie. La tombe elle-même, le néant des mortels, l'inconstance des grandeurs, ont inspiré des épigrammes et des quolibets. On ne s'étonnera donc pas de trouver sur le registre des catacombes des vers épigrammatiques, et même des pointes, des rébus et des calembours. Ces facéties, qui contrastent d'une manière si étrange avec la gravité des objets et la majesté du lieu, caractérisent l'esprit national. On se tromperait beaucoup au reste si l'on argumentait de cette singularité pour refuser à la nation française la sensibilité et les idées religieuses. De purs jeux d'esprit, inconvenans sans doute, mais auxquels le cœur n'a point de part, ne doivent point tromper l'étranger sur le caractère français, et lui faire méconnaître les vertus nationales d'un peuple à la fois spirituel, courageux et sensible.

Nous rapporterons d'abord quelques inscriptions inspirées par une philosophie épicurienne; nous en offrirons ensuite d'autres qui peuvent passer pour de véritables abus d'esprit.

XXIV.

Disciples de Rancé, ces lieux sauront vous plaire;
Un silence éternel et la nuit, en plein jour,
    Y favorisent la prière.
Venez-y : quant à moi, je le dis sans détour :
J'aime mieux en plein vent admirer la lumière,
    Et fêter tour à tour
Bacchus et la gaîté, mes amis et l'amour.

RICHARD.

XXV.

AIR : *L'amour ainsi que la nature.*

Un jour la mort inflexible
Viendra, par un coup terrible,
Nous plonger au monument,
Asile affreux du néant ;
Jouissons du temps qui presse,
Amis de la volupté,
Et partageons votre ivresse
Entre le vin, la beauté.

L. BOUCHER.

XXVI.

AIR : *Du haut en bas.*

Du haut en bas
Tous les habitans de la terre,
Sautant le pas,
Arrivent en foule ici bas ;

L'homme de cour, l'homme de guerre,
Et la princesse et la bergère
   Sont ici bas.

   Puisqu'ici bas,
Amis, l'on descend à tout âge,
   Ah ! jusque là
Rions sans penser à cela ;
Nous aurons le temps d'être sage,
Quand nous aurons fait le voyage
   Du haut en bas.

PRUDHOMME.

XXVII.

Qu'on se moque de moi, que partout on en glose,
Je me rends, et je crois à la métempsycose.
Oui, le fait est certain, après l'instant fatal,
Chacun de nous devient arbre, plante, animal.
Ici j'ai reconnu la sœur de mon grand-père,
Mon oncle, mon cousin, ma nourrice, mon frère.
Mais, grand Dieu ! qu'ils étaient changés !
   Ils étaient tous en *os rangés*.

XXVIII.

Ici dans le palais aux os. . . . . *Palaizeau*,
Sont d'innombrables os rangés. . . . . *orangers*.
J'ai d'abord vu les métamorphoses d'os vides. . . . . *Ovide*.
Plus loin on entend les cris des os pressés. . . . *oppressés*.
Les soupirs des os pilés. . . . . *opilés*.
Sur des os rayés. . . . . *oreillers*.
Près de moi s'élève une voix d'os. . . . . *voie d'eau*.
Qui me fait trembler jusqu'aux os. . . . . *os*
Elle semble dire, oh ! oh ! que d'os, dieux ! . . . . . *odieux*.

Nous n'essaierons point de prévenir les réflexions du
lecteur sur cette dernière inscription.

Dans le courant d'avril 1814, les troupes russes bivaquaient dans la plaine de *Mont-Souris*. Ces hordes, qui répandaient sur notre belle France la dévastation et la ruine, respectèrent les morts beaucoup plus que les vivans. Elles s'arrêtèrent devant l'entrée des catacombes; lorsqu'on leur eut fait connaître la destination de ce monument, une foule de Russes et même de Cosaques s'empressèrent de visiter ces vastes sépulcres souterrains. Ils parcoururent les différentes galeries avec beaucoup de recueillement et les démonstrations d'une piété qui contrastait singulièrement avec la sanglante mission qu'ils étaient venus remplir.

L'empereur d'Autriche voulut honorer les catacombes de sa présence; il s'y fit conduire, le 16 mai 1814, accompagné d'une suite nombreuse, et ce jour a laissé d'agréables souvenirs aux membres de l'inspection des catacombes. L'empereur parcourut avec beaucoup d'attention ce temple élevé par la piété et le patriotisme aux générations passées. Il s'arrêta particulièrement devant le caveau qui renferme les restes des victimes de septembre. Arrivé au pilier des Nuits Clémentines, il répéta plusieurs fois, et fit même remarquer aux officiers et autres personnes de sa suite, les deux derniers vers de cette belle strophe italienne que nous avons déjà citée plus haut :

> *Parlate, orridi avanzi ; or che rimane*
> *Dei vantati d'onor gradi , e contrasti !*
> *Non son follie disugualianze umane ?*
> *Ove son tanti nomi, e tanti fasti ?*
> E POICHÈ ANDAR DEL MORTAL FANGO SCARCHI,
> CHE DISTINGUE I PASTOR DAI GRAN MONARCHI!

Malgré l'ordre et la symétric parfaite que M. Héricart de Thury a introduits dans les diverses pièces et galeries qui composent l'ensemble des catacombes, cependant, pour les visiter, il est de toute nécessité d'avoir avec soi des guides qui se chargent ordinairement de porter devant les curieux les torches indispensables pour dissiper la profonde obscurité de ces lieux souterrains. Habitués d'ailleurs à parcourir tous les détours des catacombes, et connaissant parfaitement tous les monumens qui les décorent, ces guides abrégent beaucoup la promenade, et donnent une explication succincte de tous les objets qui se présentent aux regards. Toutefois, pour éviter tout accident, l'inspection a jugé à propos de prendre une mesure générale, propre à guider ceux qu'un événement quelconque pourrait faire égarer dans ces lieux. Elle a fait tracer sur tous les murs principaux une grande ligne noire qui, malgré l'obscurité de ces profondes cavités, s'aperçoit assez facilement, quand une fois les yeux se sont habitués à la privation soudaine de la lumière. En suivant exactement les chemins indiqués par cette ligne noire, on arrive à l'une des ouvertures des catacombes sans crainte d'être enseveli vivant dans ce dernier séjour des humains [1].

On a vu souvent arriver des accidens fâcheux dans les catacombes de Rome par oubli de précautions semblables. Plusieurs personnes ont péri, parce que, s'y étant intro-

(1) Depuis plusieurs années les curieux ne sont plus admis aux catacombes; d'immenses travaux nécessités par des transports considérables d'ossemens, découverts dans plusieurs anciens cimetières, ont contraint M. le directeur des mines à suspendre des promenades qui troublaient les ouvriers, et qui interrompaient les travaux.

duits sans guide, elles n'ont pu retrouver leur chemin.
Pareil destin faillit être réservé à Robert, peintre français, si renommé par l'art avec lequel il a représenté
sur la toile les ruines et les dégradations des monumens
de l'ancienne capitale du monde. Curieux de voir les
catacombes romaines, il s'y était introduit seul, n'ayant
pour guide qu'un flambeau et un peloton de ficelle qu'il
déroulait à mesure qu'il avançait. Il parcourait avec le
plus vif intérêt cet antique ossuaire du peuple souverain,
quand tout à coup son flambeau s'éteint; sa ficelle tombe
de ses mains, il se trouve seul au milieu de ses ruines,
et presque sans espérance d'en sortir...... Mais Delille
a consacré au récit de cet événement un épisode du
poëme de l'*Imagination*, et le lecteur nous permettra
de préférer ses vers à notre prose. Ce morceau paraît
être le complément indispensable d'une description des
catacombes.

. . . .
Sous les remparts de Rome et sous ces vastes plaines,
Sont des antres profonds, des voûtes souterraines,
Qui, pendant deux mille ans, creusés par les humains,
Donnèrent leurs rochers aux palais des Romains :
Avec ses monumens et sa magnificence,
Rome entière sortit de cet abîme immense.
Depuis, loin des regards et du fer des tyrans,
L'église, encor naissante, y cacha ses enfans
Jusqu'au jour où, du sein de cette nuit profonde,
Triomphante, elle vint donner des lois au monde,
Et marqua de sa croix les drapeaux des Césars.
Jaloux de tout connaître, un jeune amant des arts,
L'amour de ses parens, l'espoir de la peinture,
Brûlait de visiter cette demeure obscure ;

De notre antique foi vénérable berceau :
Un fil dans une main , et dans l'autre un flambeau,
Il entre , il se confie à ces voûtes nombreuses ,
Qui croisent en tous sens leurs routes ténébreuses.
Il aime à voir ce lieu, sa triste majesté ,
Ces palais de la nuit , cette sombre cité,
Ces temples où le Christ vit ses premiers fidèles.
Et de ces grands tombeaux les ombres éternelles.
Dans un coin écarté se présente un réduit ,
Mystérieux asile où l'espoir le conduit.
Il voit des vases saints et des urnes pieuses,
Des vierges, des martyrs, dépouilles précieuses.
Il saisit ce trésor; il veut poursuivre.... hélas!
Il a perdu le fil qui conduisait ses pas ;
Il cherche, mais en vain : il s'égare, il se trouble ;
Il s'éloigne, il revient, et sa crainte redouble;
Il prend tous les chemins que lui montre la peur ;
Enfin, de route en route et d'erreur en erreur,
Dans les enfoncemens de cette obscure enceinte ,
Il trouve un vaste espace, effrayant labyrinthe,
D'où vingt chemins divers conduisent à l'entour.
Lequel choisir ? lequel doit le conduire au jour ?
Il les consulte tous, il les prend, il les quitte ;
L'effroi suspend ses pas; l'effroi les précipite ;
Il appelle; .... l'écho redouble sa frayeur :
De sinistres pensers viennent glacer son cœur,
L'astre heureux qu'il regrette a mesuré dix heures
Depuis qu'il est errant dans ces noires demeures ;
Ce lieu d'effroi, ce lieu d'un silence éternel,
En trois lustres entiers voit à peine un mortel :
Et, pour comble d'effroi, dans cette nuit funeste ,
Du flambeau qui le guide il voit périr le reste.

Craignant que chaque pas, que chaque mouvement,
En agitant la flamme, en use l'aliment,
Quelquefois il s'arrête et demeure immobile.
Vaine précaution ! tout soin est inutile,
L'heure approche, et déjà son cœur épouvanté
Croit de l'affreuse nuit sentir l'obscurité.
Il marche, il erre encor sous cette voûte sombre ;
Et le flambeau mourant fume et s'éteint dans l'ombre.
Il gémit ; toutefois, d'un souffle haletant,
Le flambeau ranimé se rallume à l'instant :
Vain espoir ! par le feu la cire consumée,
Par degrés s'abaissant sur la mèche enflammée,
Atteint sa main souffrante, et de ses doigts vaincus
Les nerfs découragés ne la soutiennent plus :
De son bras défaillant enfin la torche tombe,
Et ses derniers rayons ont éclairé sa tombe.....
O toi ! qui d'Ugolin traças l'affreux tableau,
Terrible Dante, viens, prête-moi ton pinceau,
Prête-moi tes couleurs ; peins, dans ces noirs dédales,
Dans la profonde horreur des ombres sépulcrales,
Ce malheureux qui compte un siècle par instans,
Seul... Ah ! les malheureux ne sont pas seuls long-temps,
L'imagination, de fantômes funèbres,
Peuple leur solitude et remplit leurs ténèbres.
L'infortuné déjà voit cent spectres hideux ;
Le délire brûlant, le désespoir affreux,
La mort !.... non, cette mort qui plaît à la victoire,
Qui vole avec la foudre et que pare la gloire ;
Mais lente, mais horrible et traînant par la main
La faim qui se déchire et se ronge le sein.
Son sang, à ces pensers, s'arrête dans ses veines,
Et quels regrets touchans viennent aigrir ses peines !

Ses parens, ses amis, qu'il ne reverra plus !
Et ses nobles travaux qu'il laissa suspendus !
Ces travaux qui devaient illustrer sa mémoire,
Qui donnaient le bonheur et promettaient la gloire !
Et celle dont l'amour, celle dont le souris
Fut son plus doux éloge et son plus noble prix !
Quelques pleurs de ses yeux coulent à cette image,
Versés par le regret et séchés par la rage.
Cependant il espère ; il pense quelquefois
Entrevoir des clartés, distinguer une voix.
Il regarde, il écoute. Hélas ! dans l'ombre immense,
Il ne voit que la nuit, n'entend que le silence,
Et le silence encore ajoute à sa terreur.
Alors, de son destin sentant toute l'horreur,
Son cœur tumultueux roule de rêve en rêve ;
Il se lève, il retombe et soudain se relève,
Se traîne quelquefois sur de vieux ossemens,
De la mort qu'il veut fuir, horribles monumens !
Quand tout à coup son pied trouve un léger obstacle ;
Il y porte la main.... O surprise ! ô miracle !
Il sent, il reconnaît le fil qu'il a perdu ;
Et de joie et d'espoir il tressaille éperdu.
Ce fil libérateur, il le baise, il l'adore ;
Il s'en assure, il craint qu'il ne s'échappe encore ;
Il veut le suivre, il veut revoir l'éclat du jour ;
Je ne sais quel instinct l'arrête en ce séjour.
A l'abri du danger, son âme encor tremblante
Veut jouir de ces lieux et de son épouvante.
A leur aspect lugubre il éprouve en son cœur
Un plaisir agité d'un reste de terreur ;
Enfin, tenant en main son conducteur fidèle,
Il part, il vole aux lieux où la clarté l'appelle.

Dieux ! quel ravissement quand il revoit les cieux
Qu'il croyait pour jamais éclipsés à ses yeux !
Avec quel doux transport il promène sa vue
Sur leur majestueuse et brillante étendue !
La cité, le hameau, la verdure, les bois,
Semblent s'offrir à lui pour la première fois ;
Et, rempli d'une joie inconnue et profonde,
Son cœur croit assister au premier jour du monde.

LES CATACOMBES DE PARIS,

Par M. Léon THIESSÉ.

FRAGMENT.

Peu de poëtes français, jusqu'à ce jour, sont allé chercher des inspirations dans les catacombes de Paris. Nous ne connaissons guère sur ce sujet, si digne d'inspirer la muse de l'élégie, qu'un poëme, ouvrage de la jeunesse d'un littérateur, connu depuis par des succès d'un autre genre. Ce poëme, objet des éloges de M. Héricart de Thury, est devenu très-rare, et nous croyons que les lecteurs nous sauront gré de leur en offrir quelques passages. Nous terminerons par ce fragment la description des catacombes.

Que d'autres à l'envi, légers amans des grâces,
Courtisent la beauté, voltigent sur ses traces ;
Qu'ils cherchent, à grand bruit, des plaisirs somptueux,
Et des cercles brillans l'appareil fastueux ;

Jeune encor, mais lassé d'une vaine folie,
Epris de tes douceurs, tendre mélancolie,
Je chéris la retraite où l'âme, en sûreté,
De ses sages pensers nourrit la chasteté....
Solitaire, oubliant le monde qui m'oublie,
D'un œil désenchanté, je vois couler ma vie;
Je regarde à mes pieds les favoris du sort,
Et j'aguerris mon âme aux pensers de la mort.

Déjà le sombre hiver menaçait la nature;
De son manteau glacé secouant la froidure,
Novembre, des frimas rapide précurseur,
Eclaircissait des bois la profonde épaisseur.
De l'arbre paternel par le vent détachée,
Sous nos pas résonnait la feuille desséchée.
Ce soleil pâlissant sur son trône azuré,
Et d'un nuage épais tristement entouré,
De l'aride aquilon le sinistre murmure,
Des vallons jaunissans la mourante verdure,
Tout attristait mes sens; tout invitait mon cœur
Au charme pénétrant d'une vague langueur.

Fatigué de Paris et de sa pompe vaine,
J'égarais au hasard ma pensée incertaine;....
Je marchais à pas lents, quand j'aperçus soudain
Ce palais de la mort, ce vaste souterrain
Où la religion a réuni nos tombes,
De la ville éternelle immenses catacombes.
. . . . G. . . . .
. . . . D'abord d'étroits degrés
S'offrent devant mes pas tremblans, mal assurés;
Pénétré de terreur, et respirant à peine,
Mon œil voit s'agrandir la voûte souterraine
D'où semble s'exhaler une humide fraîcheur,
Qui court de veine en veine et va glacer mon cœur.

. . . .

Cependant j'approchais de la terrible enceinte
Parmi les longs détours d'un obscur labyrinthe
Qui prolonge tantôt son cours mystérieux,
Et, tantôt agrandi, s'étend devant mes yeux.
Là d'informes appuis, de vastes colonnades
Du palais souterrain soutiennent les arcades ;
Là, d'un éboulement l'effroyable tableau
Déroule à mes regards un spectacle nouveau.
J'ose à peine élever ma tête que domine
D'un vaste amas de rocs la pendante ruine.
Épouvantable scène ! un rocher fracassé
A peine encor soutient l'édifice affaissé ;
Et d'informes débris le bizarre assssemblage
De la destruction offre partout l'image.

. . . .

J'ai vu paraître enfin, après un long détour,
L'asile où le trépas a fixé son séjour,
Et ce temple de mort à mes yeux se découvre ;
Sur ses gonds frémissans une porte s'entr'ouvre ;
Quels redoutables mots m'épouvantent d'abord :
Arrête, c'est ici l'empire de la mort !

. . . .

. . . .

O toi ! sublime Young, j'invoque ton génie :
Répands sur mes accords cette sombre harmonie
Qui, de ton chant funèbre animant la douleur,
Retentit sourdement au fond de notre cœur.
Pendant dix ans, blessé de trois pertes fatales,
Ta voix fit retentir les voûtes sépulcrales ;
Plongeant dans l'avenir ses lugubres flambeaux,
Ton génie immortel brûla sur trois tombeaux.

Semblable au jeune lis qui, surchargé de pluie,
Se courbe languissant sur sa tige affaiblie ;
Sous les yeux paternels fanée avant le temps,
Narcisse doit jouir d'un éternel printemps.
Nous la verrons toujours et languissante et belle,
Et le front assiégé d'une pâleur mortelle,
Demander au soleil, sous un ciel plus brûlant,
D'un rayon créateur le regard consolant.
Pour réparer du sort la fatale injustice,
De l'immortalité ta voix dota Narcisse.
O chantre du trépas ! Young, inspire-moi ;
Le sujet que je chante est digne encor de toi.

. . . .
. . . .

Quel spectacle d'horreur soulève mes entrailles ?
Là, des débris mortels s'élèvent en murailles.
Par un art effrayant je ne sais quelles mains
Se plurent à ranger des ossemens humains,
Et dans un ordre affreux ont disposé ces têtes
Qui dominent les murs et couronnent leurs faîtes.
Inutiles efforts : un soin officieux
Recueillit vainement ces restes précieux ;
En vain l'art, alignant dans ces gouffres avides,
Ces crânes desséchés, ces dépouilles livides,
Du néant des mortels rapides monumens,
Oppose sa puissance à l'outrage des ans ;
Lentement dévorés par la mort invisible,
Dont l'œil en vain poursuit la trace imperceptible,
Ils tombent en poussière ; et, recouvrant leurs droits,
La nature et le temps se vengent à la fois.
Un silence profond habite ces retraites,
L'écho s'est endormi sous ces voûtes muettes ;

Là , viennent s'engloutir les richesses , les arts ;
Le sonore marteau n'y forge plus de dards ;
L'oreille n'entend plus le bruit du char rapide ,
Et du coursier fumant sous la main qui le guide.
O gloire, tu n'es plus ! une lugubre paix
Eteignit ton éclat sous des voiles épais.
Mortels ! qu'est devenu , dans cette autre patrie,
L'effort tumultueux de l'humaine industrie ?
Le trépas foudroya votre stérile orgueil ;
De vos vastes desseins le terme est le cercueil.
Arrête, ne sors point de ces bornes prescrites ;
Trop vaine ambition , ce sont là tes limites !

. . . .

Ici l'homme robuste est courbé par la mort ,
Qui de ses bras nerveux a brisé le ressort :
Ses muscles détendus se perdent en poussière.
Près d'un vieillard surpris au bout de sa carrière
Repose un faible enfant , éteint avant sa fleur.
A peine a-t-il connu la joie et la douleur ;
Fugitif du banquet, et convive éphémère ,
La coupe , jeune enfant, te parut trop amère ;
Et d'un essai pénible aussitôt dégoûté ,
Las, tu repris ton vol vers l'immortalité ;
Tu dédaignas la vie, et de ta mère en larmes ,
Tes yeux, fermés encor , n'ont point vu les alarmes.
Rapide passager ! à peine loin du bord
L'éternel ramena ton vaisseau dans le port ,
Et les vents conjurés , enfans de la tempête ,
N'agitèrent jamais ton innocente tête !
Homme, insecte orgueilleux, dans ce temple de mort ,
Contemple les humains réduits au même sort.
Là sont évanouis la majesté si fière ,

Et des conditions l'orgueilleuse chimère,
Les rangs et les honneurs : dans la tombe endormis,
Après tant de combats les rivaux sont amis.
Triste médiateur des antiques querelles,
Le cercueil confondit leurs haines mutuelles ;
Dans une vaste paix leurs débris rassemblés
Gisent confusément l'un sur l'autre roulés.

   Le pauvre a dépouillé l'indigence première ;
Et des rois, sans respect, il heurte la poussière.
Le sort a renversé les calculs de l'orgueil ;
Les ossemens des grands ont perdu ce cercueil
Qui devait propager jusques au dernier âge
De cent vertus d'emprunt l'injuste témoignage ;
Ce marbre funéraire, immobile flatteur,
Où quelques mots, gravés par un art imposteur,
Portant la vanité jusqu'en ce lieu funèbre,
Devaient nous dire encor : *Ci gît un mort célèbre.*
. . . .

. . . . . . Parmi les débris rangés de toutes parts,
Un autel tout à coup a frappé mes regards.
De quelques livres saints le pieux assemblage,
Et du Christ expirant la vénérable image,
Les restes délaissés d'habits sacerdotaux,
Consumés par le temps, et réduits en lambeaux,
Quelques vases sacrés, près d'une lampe éteinte,
Brillent confusément sur cette table sainte :
Tout dit qu'on a jadis sur ce funèbre autel,
Offert l'agneau sans tache au monarque du ciel.
   Hélas ! faut-il encore offrir à la mémoire
De nos troubles sanglans la déplorable histoire ?
. . . .

   Quelques mortels pieux, s'arrachant au péril,

Demandent un refuge à ce funèbre exil ;
Et tandis qu'autour d'eux d'anarchiques tempêtes,
Abattent au hasard les plus illustres têtes,
Tandis qu'environné de larmes et d'effroi,
Sur son trône ébranlé chancèle un faible roi ;
Là, seuls, pour désarmer la céleste colère,
Ils adressent aux cieux leur furtive prière.....

. . . .

Mais, auprès de l'autel encore inaperçue,
A mes yeux se découvre une secrète issue.
J'avançais : tout à coup, élancé devant moi,
« Arrêtez, s'écria mon guide avec effroi ;
Arrêtez, imprudent. Sous ces caveaux funestes
Des proscrits de septembre on a caché les restes ;
Leurs corps sont entassés dans cet étroit cercueil,
Et nul mortel encor n'en a franchi le seuil. »
— « Ah ! fuyons, m'écriai-je à ce mot redoutable ;
Adieu ! de nos fureurs trophée épouvantable ;
Adieu ! puisse du moins, infortunés proscrits,
Puisse une heureuse paix consoler vos débris,
Tandis que, maudissant de parricides armes,
Les Français éplorés vous donneront des larmes. »

. . . .

Fuyons ces lieux. Craignons que la mort inhumaine
Ne m'ait surpris errant dans son fatal domaine.
Peut-être, du milieu de ces vieux ossemens,
De son trône infernal horribles ornemens,
Déjà le cœur brûlant d'une exécrable joie,
De son œil louche et creux elle a couvé sa proie ;
Et, pour me retenir dans son palais de deuil,
Sa faux en main, du gouffre elle garde le seuil.
Sortons, il en est temps. Ces murailles humides

Me semblent exhaler des vapeurs homicides.
Adieu, séjour de pleurs ! adieu, temple de mort !...
J'ai revu la lumière. O sublime transport !
Quel doux ravissement a ranimé mon âme,
Et porté dans mes sens une subtile flamme !
Salut, voûte des cieux ! salut, champs paternels !
Si j'ai vu le néant des fragiles mortels,
Si le séjour du deuil m'apprit à le connaître,
Vous m'avez révélé la grandeur de mon être.

Il est à croire que les motifs qui ont amené l'interdiction provisoire des catacombes disparaîtront à une époque plus ou moins prochaine, et que les curieux et les étrangers pourront visiter de nouveau ces lugubres retraites. Nous croyons en conséquence faire plaisir à nos lecteurs en les instruisant des formalités à remplir pour obtenir la faculté de pénétrer dans l'intérieur des catacombes. Il faut s'adresser, par écrit, quelques jours d'avance, au bureau de la direction, établi à l'*Ecole des Mines*, rue d'Enfer, et désigner le nombre des personnes qui désirent d'être admises ; on recevra de suite un billet d'entrée, avec indication du jour et l'heure où l'on devra se présenter. Quelques personnes se munissent d'avance de torches ou de flambeaux. Cette précaution n'est pas indispensable. Ces objets se trouvent réunis à l'entrée même de la *tombe Isoire*. Il est d'usage d'offrir au guide un léger dédommagement de sa peine. A la sortie, on présente aux visiteurs le registre dont nous avons fait mention, afin qu'ils puissent y déposer les réflexions que leur ont inspirées le spectacle des générations ensevelies dans l'asile lugubre des catacombes.

FIN DES CATACOMBES.